胜利者

周坚韧 著

广西师范大学出版社
·桂林·

图书在版编目(CIP)数据

胜利者 / 周坚韧著. —桂林:广西师范大学出版社,2016.8
ISBN 978 – 7 – 5495 – 8523 – 6

Ⅰ. ①胜… Ⅱ. ①周… Ⅲ. ①长篇小说 – 中国 – 当代
Ⅳ. ①I247.5

中国版本图书馆 CIP 数据核字(2016)第 165513 号

出 品 人:刘广汉
责任编辑:刘美文 李 梅
装帧设计:徐 妙
广西师范大学出版社出版发行

(广西桂林市中华路22号   邮政编码:541001)
(网址:http://www.bbtpress.com)

出版人:张艺兵
全国新华书店经销
销售热线:021 – 31260822 – 882/883
江阴金马印刷有限公司印刷
(江阴市滨江西路803号 邮政编码:214443)
开本:890mm×1 240mm   1/32
印张:7   字数:150 千字
2016 年 8 月第 1 版   2016 年 8 月第 1 次印刷
定价:38.00 元

如发现印装质量问题,影响阅读,请与印刷单位联系调换。

序

良知的写作

　　良知是现实的另一种可能。唯有借助良知之光的照耀，对现实进行审视和批判，才能有真正的现实主义文学。这是现实主义文学的使命，也是现实主义作家的天职。在良知进入低谷，私欲、贪婪、邪恶无限膨胀，并且钻营权力保护的现实困境之中，特别需要现实主义作家用真诚、勇气和力量，用无畏的坚韧品格，擦亮良知的光芒。

　　最近，好友周坚韧用坚韧的笔力写出了他的第一部长篇小说《胜利者》。读完之后，令人唏嘘的是他那厚道的立意：执意要拨开南方的阴霾，现出良知的晴空，昭示良知最终走向胜利的明媚。小说讲的是深河有色金属矿区私营个体企业与一家国有企业，缘于矿山资源和国有资产的利害关系，发生的侵占与反侵占、吞并与反吞并的故事。矛盾双方纠结重重，利益链条盘根错节，利害关系错综复杂，正邪较量一波三折，精彩纷呈，让人希望一睹为快。

　　小说的笔调蘸着悲剧的色彩，让人隐隐不安，不安于那能使鬼推磨的金钱和权力扭曲的合谋，不安于邪恶打败正义的悲剧结局。然而，坚韧的人生理想和他对这个时代与社会的信心，以及他内心深处的人性温情，解除了这种隐隐不安。小说的结局不但未令读者死心和绝望，而且让人欣慰，欣喜于人性良善的回归和社会正义的胜利。这是作者的心智使然，更体现了作者对人性价值和社会理想的追求。

整部小说字里行间流淌着作者内心真诚的思考和骨子里不屈的性格。这种真诚和不屈，应该和作者生命中的那座高山大岭分不开，或者说，是那座高山大岭赋予这部小说如此品性。在他生长和曾工作过的故乡的东北部，盘踞着庞大而巍峨、苍莽而雄奇的桂岭，层层叠叠的峰峦，绵展起伏，形状峻奇。这座高山富含贵重的有色金属，这里曾经有过好些名噪一时的国有大型矿山企业，也曾吸引了从四面八方和五湖四海蜂拥而来的数十万淘金人，他们在这里攫取自己想要的一切。这座大岭孕育了很多富翁，也滋生了很多的邪恶和悲剧。

坚韧不仅出生在距桂岭不远的地方，从小仰望高耸的桂岭成长、成熟，而且24年前他还在桂岭之中的一家国有矿山企业做过7年矿山工人，那时他正值青春年华。面对桂岭，身在桂岭之中，坚韧自然而然地向桂岭学会了思考，秉承了桂岭的性格和情怀。因为每一座大山都是沉思者，每一座大山都有自己的性格和情怀。

"作家应该知道大街上发生了什么。"这是中国作协主席铁凝所推崇的诺贝尔文学奖得主、秘鲁作家略萨说过的一句话。多少年来，坚韧耳濡目染了桂岭之中的国有矿、私营矿和非法矿发生的故事，它们之间的利益冲突以及由此引发的喜剧和悲剧，都已随着桂岭一带矿山整治和规范开采而成为历史。但那些金属矿物的光芒落在了坚韧的记忆和心灵里，引发他对人性价值的拷问和对社会良知的追怀，拷问贪婪与邪恶，拷问价值的失落，追怀正义和善良，追怀人性的回归。坚韧用桂岭赋予他的思考、性格和情怀，在他的小说《胜利者》里作出了艺术的回答。

小说语言从容、简省、干练，人物对话中带着风趣和幽默。作者通过轻松的语气、严肃的语境，揭示了正面人物形象艰难的捍卫、痛苦的忍受、挣扎的渴望，塑造了得势猖狂、有恃无恐、心狠手辣的反面人物形象。在描述正与邪之间的博弈和角力时，在映射世道人心的无奈与现实困境时，作者又把自己的性格、情怀、理想、信仰、价值取向寄寓在了娓娓道来的叙述之中，使得小说的伦理价值和审美价值得到了艺术的统一。

当然，改变现实困境，重建人之灵魂和世道人心，不能指望一部小说。治愈桂岭因滥采乱掘留下的创伤，找回人们内心世界的青山绿水，也不能指望《胜利者》。小说非常可贵地直面当下的生存境域，以一种剔肉现骨、撒花留香的方式，显现人类良知与生存苦难、命运悲剧的本质关系，试图实现一次召唤和救赎。

在卡尔维诺的小说《看不见的城市》中，马可·波罗来到中国，与忽必烈大汗谈论全世界的众多城市。忽必烈问马可·波罗为什么不讲他自己的故乡威尼斯。马可·波罗说，他在讲述其他城市的时候，其实就是在讲威尼斯。但是，他从来不敢提及威尼斯这个词，因为他怕失去威尼斯。坚韧在《胜利者》中描写的场景和演绎的故事，明显不是照搬实录和简单复制桂岭曾发生过的故事，而是现实的超越。作者合理地虚构，加以艺术地想象，在审美之中实现小说语境的真实，尽管小说的灵感和意境得之于桂岭这个意象。由此揣测，之所以隐隐曲折地写作《胜利者》，其实是与卡尔维诺笔下马可·波罗浓厚的家乡情结类似,坚韧怕失去心中那座大山,担心缘于大山深处的那一永恒梦境遭到挑衅和破坏。坚韧的担心是必要的,是真诚的,是发自肺腑的,也是需要巨大勇气的。在《胜利者》的留白之处,读者可以品味出那些意象:没有受到损害的心灵和生活,没有残缺的世界和梦想。在那里,有良知的光辉在永远地闪烁。

王琼华

2016 年夏日于郴州

注:王琼华,中国作协会员、湖南省作协理事、郴州市作协主席。

目录 | Contens

第一章　矛盾凸现

一

今天是星期六,好像是南方入冬以来最冷的一天。天气预报说北方在下暴雪,冷空气南下,造成了南方低温阴雨。

深河县矿业公司总经理吉春正在参加县里组织的普法考试。考场设在县委党校里面,全县副科级以上的领导干部都要参加。考生们没有压力,试卷下发之前,考场里闹哄哄的。他们有的在商量考试后去哪里吃饭,有的则互相开着玩笑。即便是开考以后,手机声也此起彼伏。

每年11月份,县里都要搞这样的考试,要求是闭卷,实际上大家都带书。对选择题、判断题,吉春完全凭自己平时掌握的知识作答,论述题则自由发挥。所以每次考试,他的分数不高,但却是真的。

最后一道题是论述题。大意是:一个国家赔偿案子拖了12年,当事人才受到公正对待,其中原因是什么?有何体会?

吉春正要动笔,手机振动起来。打开一看,是一条短信:"吉总,太不够意思了吧,收了钱不办事。我们多次发短信给你,你不理,这次请你务必答复。"

这条信息,打乱了吉春的思路。他在第一问下面写了两句话:草菅人命的官僚多,贪赃枉法的腐败多。在第二问下面则写下"无话可说"四个大字。不知是被题目内容气的,还是被短信内容气的。

吉春记得去年整个冬天都非常暖和,雨下得很少。今年却不一样,天空总是堆积着厚厚的云,寒风刺骨,阴雨绵绵。那些香樟树、海棠树似被冻得发抖,令人生怜。

天下着雨。由于没有带伞,吉春从考场里出来,用手护着头跑向停车的地方。司机小王正在与其他单位领导的司机聊天,见吉春过来,马上发动了黑色的本田越野。

上了车,吉春对小王说了声"去公司办公室",就闭上眼沉思起来。他要想一想如何回复那条短信。

吉春去年10月份接任公司总经理职务。今年3月份,办公室来了一男一女两位年轻人,自我介绍说是保险公司的。还没说几句话,那男的就走到办公桌前把一个大红包放在桌面上。吉春刚要拒绝,有人进来报账,只好立即用文件盖住了红包。那两人留下名片后也走了。吉春看了一下,知道男的姓陈,女的姓雷。

下了班,吉春打电话给小陈,要他把红包拿回去。小陈在电话里说:"吉总,市委组织部一科袁科长是我的老乡,他介绍我跟你交个朋友。你们公司的财产保险下个月就到期了,请你照顾一下,让我们公司来做。"吉春这才明白了他们的用意。自己这种县里的科级干部,与市委组织部的接触不是很多。小陈说的袁科长自己并不认识,也许是他想狐假虎威吧。

不管袁科长是真是假，吉春真心地说："只要不违反原则，我能帮就会帮，但钱是不会要的。"

小陈说："再说吧，再说吧。"很快挂了电话。

下午，吉春办公室又来了一位客人。吉春认识，是另一家保险公司的谭经理，现在矿业公司的业务就是他们做的。下午相对比较清静，在与谭经理的交谈中，吉春得知，县里已经有五六家保险公司，竞争非常激烈。谈话结束，没想到谭经理也丢下一个红包后慌忙走了。

吉春随即叫来了财务主管赵亚君。

赵亚君说："我们公司一直都是与谭经理这家财产保险公司合作的。上午来的那两位，今年从谭经理那里跳槽到另一家公司去了。"

吉春明白了。竞争可以，但他不喜欢这种手段。他果断地对赵亚君说："原来的保险公司没有什么缺陷，就继续做下去吧，以后有新的业务再照顾一下小陈和小雷他们。"

赵亚君转身要走，吉春叫住了她，从包里拿出那两个红包说："等等，把这两个红包交到公司，收据开给我。"

"吉总，这……"赵亚君一脸诧异。

"就这样吧，这钱我不能要。"吉春说。他不想过多解释，一来对赵亚君还不太了解；二来这事也不便多说。

此后，这两人隔三差五不时发短信给吉春，表面上是问候，实际上是想快点揽下业务。吉春当时的想法是，等大山冲尾矿库工程完工，转了固定资产后，保险业务交给他们。由于为时尚早，他也不好明说。没想到他们这就翻脸了。

吉春很得意自己的决定，假如当时把红包收了，现在就是浑身是嘴也说不清。

从县城到深河公司总部，只有四十来分钟的车程，想着想着就到了。在办公楼前，吉春没有急着下车，而是把短信发了出去："我不要，你们偏要行贿，我早就交公家了。原以为可以和你们做朋友，把今后的新业务交给你们，没想到你们居然用这种口气跟我说话！"

这条短信，每个字吉春都认真琢磨了。意思很明确：我吉春是重感情的人，即便你们不送钱，在不违反原则的情况下，我也会帮你们。是你们太沉不住气了。发完短信，吉春在心里暗暗骂道：这两个狗老二。

"吉书记，李主任已经上楼去了。"小王提醒吉春。

吉春当总经理前在公司担任党委书记，小王没有改口叫"吉总"，吉春听起来很亲切。

吉春本来想考试结束后在家休息一天，但有个事放心不下，就要办公室主任李会通知两个副总、纪委书记和工会主席一起到小会议室碰个头。

深河矿业公司总部，位于一个相对平展的山洼里。

办公大楼是20世纪70年代所建，共有七层，管理层的人全在这里办公。过去楼的外墙只是抹了一层水泥，窗子也是木制的。到2002年，公司花钱贴上了黑色大理石，窗户全换成了铝合金推窗，室内也进行了全面装修，显得很气派，看不出旧的痕迹。成千上万职工及家属在这里工作、生活，使这里成了一个比较热闹的小城镇。

"上个星期三,刘县长到我们公司召开现场办公会后,我们开了扩大会议,就与天盘湾矿区'十二矿联盟'合作方式的事进行了讨论,结果意见没有统一。我要大家再下去听意见、做工作,不知道情况怎么样了。今天再一起碰一下头。"大家刚落座,吉春便说出了正题。

"我去了牛背溪工区,职工的意见是整体收购。"副总经理唐刚说。

工会主席谢玉娥,估计有点感冒,带着很重的鼻音说:"我先召集了离退休老职工代表开会,大家搞不清楚,都反对与'十二矿'打交道。后来去了龙山坪工区,意见都差不多。有一个情况我要说一下,老工人说要把石勇志抬到公司来。"

"完全听职工的,我们都不用搞了。整体收购,拿出几个亿的资金,哪有这么多钱?何况我们有些事还得靠人家,神仙下凡问土地。"排在副总经理第一位的黄顺成,一谈起这件事就很激动。

谢玉娥对黄顺成的话并不赞同,马上反驳说:"无论什么方案,总得要大部分职工接受才行。现在的职工,你还以为像我们那时,党和政府指向哪里,他们就打向哪里?"

"县里拿出了整体收购和入股合作两种方案让我们选,我们只有定下来才好去做其他工作。我的意见是合股开发并没有坏处。"黄顺成说。他仍坚持自己的观点。

"我建议召开职工代表大会来决定。"纪委书记吴国成说。

"冶炼厂、选厂那边,很多职工有情绪,议论不少。主要是担心'十二矿'插进来后,自己的饭碗会保不住。说实话,是合股还是收购我自己都讲不清。"唐刚说。

"召开职工代表大会的时机还不成熟,因为县里的意图很明显,要听市里的,倾向于合股;而职工反对合股。假如职代会上的决议与县里的意见相反,我们的工作反而会更加被动,进退两难。"吉春插话道。

大家都觉得吉春说得有道理,不约而同地点头,但又想不出好办法,都沉默起来。

吉春明白了,这样的意见跟过去一样,说了等于白说。但他还是郑重其事地强调说:"我们是国有企业,我们的帽子都是县委、县政府给的。我的意见是评估工作正常进行,职工的思想工作继续做,各方面的协调按班子分工接着做,要保证不出大乱子。"

吉春知道,自己的话也等于白说。大家彼此心照不宣,说了一些无关要紧的话,就散会了。

吉春把谢玉娥留了下来,对石勇志的事情他必须高度警觉。

石勇志是退休老工人石滔的儿子。前年秋天,省里要求个体矿非常集中的天盘湾矿区全面停产,县里组织超过两百人的队伍到天盘湾进行大规模的集中整治,石勇志被牛背溪工区派去参加行动。在强行拆除聚宝矿的供电线路时,矿主黄军海、黄军洋两兄弟唆使几十名本村村民进行围攻,石勇志被打成重伤,差点儿成了植物人。最终聚宝矿赔了 17 万元,打人凶手被判 10 年徒刑,但黄氏两兄弟由于有人出面而逍遥法外。深河矿业公司与天盘湾的个体矿多次为划界产生摩擦,双方积怨已深。

吉春对谢玉娥说:"大姐,老工人那边的情绪要注意引导,不能使他们产生错觉和误解,我们还有更重要的事要做。石滔家里也要多关心一下。"

只有两人在一起,谢玉娥担心地说:"吉春啊,反对'十二矿'入股,我的态度是坚决的,但关键要看我们能不能顶住上面的压力。老职工就是担心变化大,丢了饭碗。现在最要紧的是稳定人心啊。"

"谢大姐,你的担心是有道理的。现在我们班子内部都没有统一,很多事都做不下去。而且我告诉你,县里的意见也没有完全统一,所以,我们还有时间考虑。职工这块儿目前能稳住,因为方案没有拍板,最终要开职代会来做决定。"吉春安慰道。

"不久前,我与'十二矿'的代表谈了一次,他们根本没给我们商量的余地。特别是黄氏兄弟,非常霸道。"谢玉娥告诉吉春说。

"这是可以想到的。但我们不能被他们牵着鼻子走。"吉春说。

星期一要去向县长刘云汇报,还不知道怎么过关。吉春想。

二

深河县四家大院,地处县城东面的老城区。院子里的房屋有些陈旧,大多是 20 世纪六七十年代兴建。那时土地采取划拨制,所以院子非常宽敞,大约有 100 亩。功能也很明了,进大门的左边是办公区,右边是生活区。

办公楼有 5 栋,墙上分别用数字标明。1 号楼是县委,2 号楼是人大,3、4 号楼是县政府,5 号楼则是政协。住宅区那边除了两栋干部集资楼有 7 层高,比较新外,其余的都是两三层的红砖房子。大院里栽满了香樟树,这种南方最适宜种植的乔木,四季常青,并散发着淡淡的香味。走进院子,备感清爽。

吉春到四家大院来，如果是预约的，一般都提前到。而且哪栋楼的领导约他，他就会将车停在这栋楼稍偏一点儿的位置，然后就在车里等着。这样做一是性格使然，吉春是一个低调的人，说话办事都留有余地，不想太张扬。另外这也是吉春的聪明之处，深河矿业是全县最大、最好的国有企业，吉春知道找自己的人很多，包括四大家的其他领导，而找他的目的基本上就是两个：办样板和要钱。吉春不想因为遇见太多熟人而耽误时间。

8点刚过，县长刘云的车到了3号楼前。这几天仍然是低温阴雨，平时喜欢穿西装的刘云也穿上了棉衣。

吉春打开车门迎了上去。刘云见了吉春，伸出手指点了他几下，意思是说："你这小子，你这套我知道。"吉春与刘云的秘书李书兵相视笑了笑，然后跟在刘云身后，上了三楼县长办公室。

县长办公室编号为301，是由原来的两间办公室改成的。刘云办公桌后面洁白的墙上，挂着一幅书法作品，更增加了办公室的书卷气。作品的内容是王勃的《滕王阁序》，字迹苍劲，用笔老到，行草结合，颇有欧阳询老夫子的风采。这幅作品是刘云在市里的一位书友所赠，刘云非常喜欢，到哪里工作，都带着这幅字。

每次到刘云办公室来，只要有时间，吉春都要看一看这幅作品。《滕王阁序》他不能全背下来，但非常喜欢文中"老当益壮，宁移白首之心？穷且益坚，不坠青云之志"的警句和最后那首"滕王高阁临江渚，佩玉鸣鸾罢歌舞。画栋朝飞南浦云，珠帘暮卷西山雨。闲云潭影日悠悠，物换星移几度秋。阁中帝子今何在？槛外长江空自流"的七律诗。现在很多选本基本上看不到这首诗了。相传王勃写到最后一个"空"字时，故意留下一个空格，让那些开始对他不屑一顾的人来填。结果有人填"独",有人填"愁"。当王勃写出"空"字时,大家由衷惊叹:只有此字最合诗意。

"吉春,把门反锁,一起谈谈。"刘云用十来分钟时间看完一些文件资料后,从办公椅上起来,走到会客的沙发上坐了下来,对吉春说道。

"刘县长,你两个星期前到我们公司现场办公以后,我们主要做了三件事。"吉春顺着刘云的指向,在沙发上坐下,开始了早已准备好的汇报,"第一,我们内部召开了班子成员扩大会议,机关中层干部和各工区负责人都参加了,大家的意见还是倾向于一锤子买卖,把'十二矿'整体收购了。第二,由工会主席出面协助县里特派员与'十二矿'代表谈了一次,他们一点儿商量的余地都没有,一致要求入股,而且由他们请公司评估。特别是黄军海、黄军洋两兄弟,放出狠话,说下个星期就组织人到我们公司去。第三,我们公司的资产评估工作已经启动,我们专门成立了班子,并通过县国资局与评估公司签了协议。估计三个月时间能搞完。"尽管早有准备,吉春还是用了近二十分钟才讲完。

"我上次去开会的意思很明确,也是希望你能做通工作,尽量往合股方向引。"刘云提高音量说。见工作没有什么进展,他皱起了眉头。

"我也的确做了很多工作,党政工三家没有统一,只有副总经理黄顺成竭力主张入股。到了中层干部这块,根本没有办法,大家好像铁了心,还骂我刚上任就当卖国贼,与狼共舞。"吉春说。不知是空调温度偏高还是激动的缘故,吉春的身体有点出汗。

"县里根本没时间给你们去扯皮,定这个调不是我个人的意见,是县委常委会研究决定的。进展太慢,你不能总让我等下去吧。"刘云生气地说。他猛地站了起来,高大的身躯像一座铁塔。他看了看吉春,在房子里走了几步,然后又转过身子,想说什么但没有再说出来……

从刘云办公室出来,李书兵像影子一样跟了上来。他轻轻地对吉春说:"吉总,刘县长的压力也很大,这事你要留点心。这样好不好,星期天我把李同文约出来,一起想想办法。"

李同文是县矿产土地局副局长,也是深河矿业公司与"十二矿"谈判的政府特派员。

吉春在李书兵的脸上停留了几秒钟。见他一脸真诚,就没再多想,马上说道:"好、好,如果不介意的话,我们星期天下午到新开张的万里香驴肉馆去。叫李局长早一点儿,一起搞几手。""搞几手"是深河的土话,意思是打几手牌。

离开县四家大院,吉春就往公司赶。深河公司在山里,过去路不好走,其他条件也差,大家都觉得艰苦。现在不一样了,路是水泥路,车是好车,就都觉得山里更好,没有车水马龙,空气清新。南方的山博大而绵绵不绝,秀丽中显雄伟,你根本不知道山那边还有多少山。每次进出公司,在环山路上行驶,看那些与白云相连的山脉,吉春都有不同的感受。可今天,他没有一点儿心思欣赏。

刘云要吉春汇报的事,是吉春当老总以后面临的最大的一件事。说白了,就是积攒了二三十年的问题必须在一年内解决。

深河县虽然处在南方的边远山区,却因有色矿产资源丰富而闻名全国。这里对矿产资源的开发基本上分四个阶段:一是20世纪70年代前,国家绝对控制,个人根本无法染指。像深河矿业就是 1950 年创建的县属国有企业。二是 70 年代中期开始上社队企业或乡镇企业。第三阶段是 80 年代中后期雨后春笋般出现的个体企业,那些个体企业提出"有水快流""先上船后补票"的口号,开采几近疯狂,并随着时间的推移将小打小闹变成了采选一条龙。第四阶段则是进入 21 世纪的整治整合阶段。

深河矿业公司就在这样的背景下生存发展。90 年代,公司开采保护区附近的天盘湾发现了大型多金属矿藏,沉睡亿万年的荒凉山谷一下子成了淘金宝地。几万人涌进来,天盘湾成了"冒险者的乐园"。一方面,矿渣、废水直排河道,下游叫苦连天,本县及相邻县的群众把状告到了中央,与此伴生的则是大批千万、亿万富翁。另一方面,省、市、县也不断地打击、整合,目前天盘湾只保留了十二个有证矿。这十二个有证矿个个财大气粗,绝非等闲之辈,与深河矿业或多或少都有些矛盾。去年,省政府下文责成深河县委、县政府对天盘湾彻底关停,并进行重组。

县委、县政府反复研究后提出了"深河矿业收购""十二矿入股"两套方案。恰逢公司原总经理出了事,吉春不可避免地被推到了风口浪尖上。

刘云有点倾向合股,但似乎又有难言之隐;可上千职工也不是省油的灯,吉春被夹在了中间。他叹了口气,心里说:除非是神仙才做得到。

下午四点钟,吉春又从公司来到了县人大所在的 2 号楼。目前在县一级,深河基本上形成了县委书记、县长、纪委书记、组织部长为外地人,人大主任、政协主席为本地人的权力格局。县人大常委会主任杨川是土生土长的深河人,先后干过大队长、公社书记、财政局长、副县长、县委副书记、县政协主席,可谓深河的"老师傅"。

"杨主任,今天可是难得的清静。"推开杨川办公室的门,见杨川一人坐在办公桌前看书,吉春说道。

见吉春进来,杨川放下手中的书,从办公桌后走出来,笑着说道:"来,吉春,先泡壶茶,刚搞到一饼上好的普洱。"

"那我来烧水吧。"吉春说,赶紧去茶几上拿水壶。

"不用,不用,我泡茶享受的就是整个过程。你坐下,我为你服务。"杨川说。

杨川打了一壶水烧好,在沙发上坐下,与吉春聊了起来。他说:"今年换届,你选上了市代表,估计市里明年元月份会开政协、人大两会。现在年底了,你要把意见、建议思考好、准备好。"

"谢谢主任提醒,我立刻着手。"吉春点头道。

"着急倒不着急,主要是要记得。我知道你事情多,上千人的企业不好搞啊。"杨川理解地说。

不一会儿,水烧开了,杨川泡起茶来。只见他沥茶、洗茶、冲茶、洗杯、倒茶、闻香,每个动作都非常熟练,一看便知道是茶道高手。

"杨主任,事多我倒不怕,就是整合一事压力太大,思想难统一,省、市、县又都催得紧。"吉春说。

杨川喝了一口茶,目光突然就严厉起来,用手轻拍了一下茶几,说道:"吉春,这个事开不得玩笑,你要给我盯紧了,'十二矿'入股是绝对不可能的事。你看看现在天盘湾都成什么样了?恢复的成本远远大于所得,得不偿失啊。县委、政府的主要领导可以拍屁股走人，我走到哪里去？实在顶不住，我就开人大常委会，反正干了这届，我就退休了。"

吉春心想，杨主任在这个位置上可以谁都不怕，自己就不一样了。

四家领导不统一，有对自己有利的一面，也有不利的一面。杨川支持自己，起码县里有人说话，这是好事。但另一方面，在其他领导面前，自己则需要更加小心，不能动不动就把杨川搬出来，以免加深领导之间的矛盾。"有您的支持，我就更有信心了，目前两方都准备对资产进行评估，具体进展我会随时向您汇报。"吉春说道。他知道，杨川要的是跟他一条心的人。

"黄军洋那个痞子，还想竞选省人大代表，市委朱副书记打了电话给我，被我顶回去了。"杨川说。他越说越气愤。

杨川与黄氏兄弟有矛盾，原因其实很简单：杨川当政协主席时，黄军洋他们以为他马上就退二线了，有点不买他的账。前年综合选厂开业剪彩，居然不请杨川，据说那次剪彩每个红包有 4800元。当然杨川不是为了红包，他只是觉得黄氏兄弟太势利了，而黄氏兄弟也没想到杨川会在退休之前当一届人大主任。吉春假装不知道这些，恭敬地说："有您这样正直的领导撑腰，我决不会后退。"

杨川得意地说："我知道你的为人，研究你的任命时，我也列席了常委会，关键时候我还是敢说话的。另外，你今年资金怎么样？"

"大钱紧，小钱不缺。"吉春回道。他知道杨川的意思。

"那你给我五六万，一位副主任买了台新车，财政又没给够。"杨川说。

"没问题，下个星期叫财务去办吧。"吉春说。

三

北方的暴雪暂时停了。

南方这几天也温暖起来。每天都有太阳,只是温差特别大。中午气温达到二十摄氏度以上,早晨和夜间却只有四五摄氏度。空气也异常干燥,让人感觉皮肤都快要裂开了。

说好了请李书兵、李同文去驴肉馆吃晚饭,吉春在家吃了点中饭,休息了一个钟头。起床后洗了个热水澡,挑了套浅色西装穿上,里面配了件红色的中高圆领毛衣。对着衣柜镜摆了摆姿势,见自己洗了澡,脸色红润,西装也得体,他不禁小孩似的做了个鬼脸。老婆在午睡,看了一下钟才两点,也就没敢弄出声音来。

县城突然流行吃驴肉,让人始料不及。据说冒出的十几家驴肉馆,生意特别好。吉春来的这家“万里香驴肉馆”,位于解放路右拐弯的一条饮食街内。吉春先是打电话要李会通知定点酒庄送点酒来,然后坐了出租车过来,他觉得没有必要引起别人注意。这家馆子门面装饰得还不错,大门口有一副对联,上联是“天上龙肉”,下联是“地上驴肉”。吉春暗想,怪不得吃驴肉的人如此之多。

进了大门,一名女服务员迎上来,笑道:“老板这么早来,一定有贵客,请上楼。”吉春有点吃惊,不禁多瞧了她一眼。他见这小姑娘二十岁上下,模样蛮可爱,打趣道:“你会算八字?”那服务员也不怕生,回答道:“看您这样,不是当官的就是老板。您这么早就来安排,说明您的客人身份特殊,至少对您非常重要。”

吉春不由得暗自佩服,想不到这小店有如此聪明之人,问道:

"那你打算怎么安排我呢?"

"先把你们安排在三楼最里间的包厢,坐十位、八位客人没问题,也不会有人来打扰。至于菜,就要看你们有多少位了。"那女子流利地答道。

"我只有三位。"吉春边说边看着她。

"那就建议您来一个中等的三鲜驴肉火锅,再订三盅驴鞭佛跳墙。"说这话时,女孩的脸微微红了一下。

"那就按你的指示办吧。"吉春说。他浑身愉悦,这一餐饭没白来。他甚至产生了一个念头:假如自己是私企老板,这姑娘马上就可以到办公室上班了。

安排妥当,吉春看了看表,已过了两点半。于是掏出手机,拨通了李书兵的电话说:"李老弟啊,没打搅你休息吧,快点来吧。另外,李局长那儿就请你通知一下了。"

挂了电话,吉春从刚才的兴奋中回到现实。

李书兵是县长的秘书,他借刘云之口来介入天盘湾整合的事,是真的因为县里大局?这几天他也在想这个事,但一直没有头绪。吉春尽量往好处想,可整合这件事非同寻常,自己得留点神。不管怎么样,先接触一下摸摸底总是有好处的。

正信马由缰地想着事,那姑娘领着两人进来了。手里端着一盘葵瓜子,一盘豆子,还拿了两副扑克牌,一副字牌。她把东西摆好,倒了三杯茶,又无声无息地退了出去。

"吉总啊,我两叔侄来迟了,不好意思啊。"李书兵打着拱手,笑着说。他见过世面,自然不会冷场。

"李主任见外了吧,我们兄弟之间有什么生疏的。照你这么说,李局长是你叔叔了。"吉春说。心里想,这倒蛮有意思。

"吉总,没想到吧,我跟书兵都是李家村的,我父亲与书兵的爷爷是亲兄弟。"李同文趁机接上了话。

"哎呀,真是缘分,今天可得好好敬你这个年轻的叔叔啦。"吉春拱手道。他把字牌拆开来,走到小方桌前坐下,又说:"那就先搞几手吧。"

玩字牌,好像是广西、湖湘部分地方特有的娱乐方式。对发明字牌的人,吉春佩服得五体投地。字牌共80张,由汉字"一、二、三⋯⋯十"和"壹、贰、叁⋯⋯拾"组成,各40张。小"二、七、十"和大"贰、柒、拾"为红色,其余为黑色。字牌一般是三个人玩,牌的组合非常灵活。玩字牌,大部分人都喜欢赌点钱找刺激。但吉春却认为,字牌里蕴含着许多人生哲理。

"吉总,你可是高手,要手下留情啊。"李书兵说道,似乎话中有话。其实不用点明,吉春今天是不会赢钱的。

吉春的字牌功夫在朋友圈内是有名的。他一般会谦虚地说,是手气好。其实打牌不仅仅是靠运气,特别是字牌,最终还是要看技术和心理。吉春自己总结了一套理论:气要平(即不可急躁),心要静(即不可分心),不强求(即尽量不要因为抢胡点炮),不贪婪(即不可因贪大胡而失去胡牌机会)。打了几手,吉春看出了一点儿门道。他发现,李书兵牌打得好,但胆子不大,关键时候不敢打;李同文太贪,全然不给别人机会。

大家一边玩牌,一边聊了起来。

"吉总,最近压力大吧。"李书兵说。

"是啊,老弟你是知道的,刚当总经理不久就遇上这种大事,够我受的了。当书记与当老总不一样啊。"吉春一脸无奈地说。实际上他是在打太极，想了解李书兵的真实意图。

李书兵不经意看了李同文一眼，李同文正在不断地调整自己手上的牌。李书兵知道李同文在装傻，仍旧与吉春说道："县委、县政府的决心是下了的，必须走合股这条路。听说也是市里的意思，要不然周书记和刘县长也不会如此着急。"

"是啊，我也有点招架不住了，到时候还得请两位多帮一帮。"吉春说。他知道李同文已经听胡了，点了一个炮给他。这一把是21胡，300元。

李同文高兴得合不拢嘴，边洗牌，边说道："吉总，我是县里的特派员，你们两边的事我都有责任。有些事台面上不好说，私底下接触一下也好嘛。"

见李同文叼着烟，一副无所忌讳的样子，吉春感到已快要接触到他们的真实意图了。他装着不解地问道："私底下……"

"哦，是这样，我叔叔也是深感责任重大，就想了一些办法，特别是对'十二矿'那边做了不少工作。听说黄军洋两兄弟想找个机会单独见见你，就把这事跟我说了。我想，把县里的大事办好了，也算是我们叔侄为全县人民出了力。"李书兵字斟句酌地说。

吉春本想说，与这两兄弟没什么可谈的，纯粹是两个暴发户和地痞而已。但他又不想把门关得太死，于是半开玩笑地说："这两兄弟是大老板，跟我们谈很牛的。"

"他们的事包在我身上，只要吉总能单独与他们谈，具体怎么谈我不插手。"李同文赶紧说道。因为兴奋，他光秃的脑袋渗出汗珠，像一盏灯泡闪闪发光。

"那就烦李局长操心了，大致时间你定下来后告诉我，以便我安排工作。"吉春说。

"好，好，吉总真是个爽快人，我是真心希望你们合作愉快啊。"李同文得意地哈哈大笑。

一番交谈，吉春基本上摸清了他们的底牌：李同文绝对是为黄氏兄弟当说客的，但又不敢把话说得太露，表明他们肯定有着比较密切的关系。而李书兵呢，在政府要害部门工作，信息比较灵通，这正是黄氏兄弟所需要的。怪不得黄氏兄弟如此明目张胆，又应对自如。凡有大规模整顿，马上自行封閡。刚决定要评估，就自己请去了评估公司。

娱乐的时间最容易过，很快就到了开餐时间。李同文赢了2000多元，李书兵则出入不大。李同文连连说："不好意思，不好意思。"

刚散了场，李书兵的手机响了，他出去接电话。那服务员推门进来，对吉春说道："老板，这几瓶酒是刚送来的，他们要我告诉您。另外，快六点钟了，可以上菜了吗？"

吉春今天的收获很大，心情也非常好，与女孩开玩笑说道："今天全听你的啦，准备上菜，等会儿来敬一杯酒。"

女孩刚要说话，李书兵进来了，对吉春打着拱手说："哎呀，吉总，真不好意思，我的两位朋友今天从市里过来，刚到，我就自作主张把他们叫上来了。"

吉春还没答话，就有一男一女两个年轻人进来了。李书兵赶紧做了介绍，说男的姓朱，女的姓黄，小黄老家是深河的。

吉春与他们握了手，接着李书兵的话说道："李主任的朋友就是我的朋友,只是这菜……"

"老板,你们五位一个火锅也差不多了。见老板又来了客,我已经告诉厨房加了一份佛跳墙和一份木瓜雪蛤。"一旁的女服务员马上回答道。这又让吉春吃惊不小。

五个人坐得下来。吉春仔细地看了看两位年轻人,见那小朱戴着眼镜,五官端正,头发浓密,穿着却又很随意。小黄则是略施粉黛,瘦瘦的身体,妩媚中透着清纯。

女服务员忙着加碗筷。吉春对李书兵说:"李主任,都说我们深河女子漂亮,今天可是开了眼界啊。"

"是啊,我们小黄可是深河女子的代表啊,人聪明漂亮不说,还到英国留过学呢。"李书兵说。

吉春也笑着说:"我们可是有眼福了。"其实他刚才说的话,是把那女服务员也搭了进来,想试试她的反应。那女孩仿佛没听见似的。

小黄大方地说:"吉总的大名我们早就熟悉了,你才是真正的成功人士。"

吉春想,这小黄挺会恭维人。

第二章　暗流涌动

一

下午两点半钟,小王准时把车开到了办公楼下。

县政府分管环保工作的副县长唐庆和要吉春跟他一起去市环保局,已经约好了请市局的吃晚饭。唐庆和要吉春多带点钱,于是吉春把财务主管赵亚君也叫上了。

一上车,便有人叫了一声"吉总"。听声音,吉春知道是赵亚君。他笑着说:"小孩上学没人送了吧。"赵亚君答道:"送小孩哪有办公事重要啊!"吉春心里明白,她言下之意是跟吉总出差应该是随叫随到。吉春当书记时,财务上的事很少过问。不过问,是吉春的聪明之处。在企业,总经理是法人代表,党委只是发挥政治核心作用,重大决策上参与,细节上糊涂,就可以团结共事。现在与财务打交道多了,与赵亚君的接触多了起来,感觉赵亚君虽然年纪不算大,但还是挺聪明的。赵亚君的小孩只有四岁,就在公司所在地上幼儿园。

小王把音响调到收新闻这一档,评论员正在就菲律宾人质被害事件进行评论。赵亚君在后座听得真切,吃惊地说:"菲律宾怎么这样乱?"

"菲律宾是乱,阿富汗不乱? 伊拉克不乱? 还有你看不见的、不知道的乱。不过道理都是相通的,在绝对利益面前,现代文明一文不值。"吉春有感而发,不过他觉得今天自己的话比较多。

赵亚君说道:"这些大道理,我们哪懂啊。吉总要是在美国,一定可以当总统的。"

"我是总经理,比总统还多一个字呢。"吉春自己解嘲道。

正说着,吉春的手机响了。对方说:"吉总,你们甲方再不采取措施,这个项目就没办法做下去了。"电话是大山冲尾矿库项目指挥部甲方聘请的监理负责人胡工打来的。

"胡工,什么事?"吉春马上问道。

"大山冲村的村民又来阻工了,说我们没有给他们做土方回填的附属工程。"胡工一腔怒火地道。

"这事你应该找黄副总经理,项目上的事都由他负责。"吉春也有点恼火地说。

"黄总根本就不接电话,这次做附属工程的队伍就是他决定的。我没办法、没办法。"胡工停了一下又说道:"工程马上就要扫尾了,再出矛盾,验收不了,市里也通不过呀!"

吉春知道,胡工工作非常认真,敢挑硬担,与黄顺成经常闹不愉快,没有要紧的事也不会直接找自己,于是和气地答道:"胡工,你别着急,我马上打电话给黄副总,要他立即赶到现场。"

吉春对黄顺成的为人心里有数。黄顺成是黄泥湾村人,参加工作后就一直在深河矿。从一名风钻工成长为副总,他历经了风风雨雨。自己当总经理,他心里不服。同时,这人心机很重,吉春不想过多与他亲近。但一起共事,大家不捅破那层纸,也就任其发展了。他马上拨打了黄顺成的电话。

吉春把一切安排妥当,车子已到了市环保局。

一下车,吉春就拨唐庆和的电话。还没拨通,见他的车已经进了院子,便挂断了电话。

"还是吉总幸福啊。有好车坐,有美女陪,比我这个副县长风光多了。"一见吉春,唐庆和就开起了玩笑。

吉春看了赵亚君一眼,见她有点羞赧,忙对唐庆和说道:"我可是按你的指示办。"

说笑着,他们上了市环保局的大楼。

吴子才局长早就在办公室等他们。大家都很熟悉,随意地坐了下来。

"吴局长,今天来汇报就一个意思,我们深河矿业的尾矿库工程这个月可以完工,请您提前去指导指导。"唐庆和言辞恳切地说。

吴子才沉着脸,一副公事公办的样子说:"唐县长,指导谈不上,工程可要抓紧。本来去年就要验收,结果推迟了整整一年,为这事扣了你们的年终考核分,你们刘县长对我还有意见。下个月全市为民办实事的考核就要开始了,到时候别怪我不照顾你们。"

"吴局长,这个项目搭帮有你指点,才能顺利进行,我们非常感谢。"吉春讨好地说。他知道,上面的人一个都得罪不起。

吴子才对着吉春毫不客气地说:"你当老总时间不长,我不怪你,原来的老总可是在这个问题上吃了苦头。另外,你们那个姓黄的副总经理办事水平太差。"

有赵亚君在,吉春不想让吴子才说更难听的话,便示意唐庆和提吃饭的事。

"吴局长，昨天已经说好了一起吃晚饭，今天一定要赏光，我们已在福城海鲜楼订了999包厢。你这边的人请你安排，我们先去点菜。"唐庆和见机岔开了话题。

"吃饭没问题，人我已经通知了。"吴子才与唐庆和握了握手，又补充道，"别太铺张了，我知道县里也不容易。"

吉春知道，年底了，市里对县里要进行考核。13个县（市）区都在暗地里较劲，争排名可谓到了白热化的程度。手段无奇不有，方法五花八门。县里早就有安排，哪条线，哪个部门，哪项工作能进多少名都进行了精心测算。平时注意交往、搞好关系，总比临时抱佛脚好。唐庆和使的就是这一招，把自己叫来，一是信任自己，二是让自己埋单。

吉春与唐庆和一起来到了福城海鲜楼。大楼装饰得非常豪华。一进大厅，就看见几十个装着各种海鲜的玻璃水箱，有龙虾、多宝鱼、花螺等，琳琅满目，叫人一看就想掏腰包。吉春想，这老板算是会做生意。三楼全是豪华包厢，走廊迂回曲折，地面铺着厚厚的地毯，墙上挂着一些摄影、绘画、书法作品。吉春发现那些书法作品中居然有本市市委、市政府领导的。

菜是由唐庆和亲自安排的，吉春估计他对吴子才的口味应该十分了解。说是吃海鲜，按照本地人的口味，也点了红烧野鸭、口味蛇等辣菜。

安排妥当，唐庆和脱掉外衣，挂在衣架上，然后对吉春说："晚上搞活动你就不要参加了。吴局长喜欢打麻将，是省城打的那种。你不会，我陪他们，你丢一万元钱给我。"

吉春马上示意赵亚君。赵亚君随即从自己包里掏出一个鼓鼓的信封。见唐庆和有一点儿迟疑,吉春说道:"这是我们财务主管,人很聪明的。"意思是请他放心。唐庆和把钱放好,又对吉春说道:"回去后,工程扫尾的事你要亲自过问一下,吴局长好像对黄不放心。"

吉春点了点头。

不一会儿,吴子才的人来了。吉春看了看,这六个人他大部分都认识,有监测科的科长,执法大队的大队长。在这种场合见面,大家都很轻松,彼此客套了一番,就围着桌子坐了下来。

见服务员在开十年五粮液,吴子才对唐庆和说:"唐县长,我们也算老朋友了。晚上我们几个就两瓶包干,喝了酒再搞几手。"

"行,行,听吴局长的。"唐庆和急忙答道。

喝了几杯,气氛渐渐热烈起来,也随和起来。吴子才按着唐庆和的肩说:"兄弟,我们干的都是两头不讨好的差使。我可是帮了不少人啊,上次大山冲村的群众到市政府上访,我就把责任揽了下来。我也是在县里干过的,对下面的情况还是了解一些的。"

唐庆和不敢说其他的话,只是一个劲地说:"谢谢老兄。"

服务员端上红烧野鸭,唐庆和赶紧把鸭头夹给了吴子才。吴子才也不推辞,笑着说:"我总不能每次都吃头吧。"

唐庆和说:"我给大家说个故事吧。我当兵时养过一年猪,连里改善伙食时总要杀猪。可每次都不见猪肚,原来每次我们班长都把猪肚送给了连长。这样,战士们就有议论了。有一天,全连紧急集合。连长在大会上问:同志们,连里有几个连长?战士们齐声答道:一个。又问:一头猪有几个猪肚?又答:一个。再问:连长吃一个猪肚该不该？再答：该。还没等战士们反应过来，连长宣布：散会。从此，战士们对猪肚一事不再议论。"

"你们连长蛮有水平，肯定能升官。"吴子才说。

"他现在已经是副师长了。"唐庆和感叹道。

吉春在这种场合不便多说话，只好轮着与其他几位喝酒。

晚饭吃了一个多小时。送吴子才和唐庆和等人到了"一壶春"茶楼，吉春便走了。赵亚君说要去她姐姐家看看，吉春叫小王先送自己到天华宾馆，然后再送一下赵亚君。

第二天上午，吉春又与赵亚君一起去了市工商银行，见了分管信贷的副行长顾小林。

顾小林原来在深河县工行当行长，与吉春私交很深。

对于天盘湾资源整合，吉春一直暗暗做着收购的准备，估计首付资金在两亿上下。天盘湾十二个有证矿已结成利益联盟，入股是他们最想要的，收购则会拼命抬高价格。对于资金，吉春的想法是：借冶炼厂改造的名义，到省里贷款5000万，职工筹措8000万到1个亿，加上公司还有5000万流动资金，缺口应该不是很大。前几个月，一直由顾小林与省工行联系。

一见面，顾小林说："前两天，我去了省工行，你们的事下个星期上会。上了会后，顺利的话，就等着去办手续了。"

"那真是太感谢你啦，我们可是急得在跳啊。"吉春说。

"谁让你野心大，这是上天在惩罚你。"顾小林开玩笑说。

吉春心情愉快，没考虑赵亚君在场，随口说道："我们可是同穿一条裤子了。"

二

大山冲尾矿库工程在扫尾阶段出了一点儿麻烦。

在吉春办公室里,胡工与黄顺成当面吵了起来。

胡工说:"我是你们请来的,我应该代表你们。我做监理十多年,没见过你这样难合作的。"

"你什么事都顺着大山冲村的人,把他们惯坏了,今后我们怎么工作?"黄顺成振振有词指着胡工说。

"副坝引水渠的土方回填工程,本来工程量只有5万多元钱。我已经向你汇报过,还是按原来的策略给大山冲的人做,你根本不听我的意见,硬要另外叫人来做。现在阻工了,我是没办法了。"胡工边说边气得直摇头。

"阻不阻工与我无关,我也是为了保证质量。"黄顺成仍一副无所谓的样子。

胡工被彻底激怒了,伸手指着黄顺成说:"几千万的工程都搞完了,出了质量问题我负责。这点回填工程就是用人工挑也绝不会有问题,我看你是故意搞名堂。"

大山冲尾矿库工程,从大前年就开始立项,当年年底动工。原计划两年完工,但由于出现了村民阻工和前任老总因经济问题被查处等状况,工程一拖再拖。再不按期完工,省、市的配套资金到不了位,吉春会被唐庆和骂死,唐庆和会被刘云骂死。见黄顺成这种态度,吉春心里有气:你想看老子出笑话,老子偏不信这个邪。他严肃地说:"争吵能解决问题吗?出了问题你们都要负主要责任。现在我们马上去现场。"

尾矿库的大坝已高高地伫立在两座山峰之间,把上游的来水拦腰截断。过了主坝,只见副坝现场一片混乱,一大群人围着一台挖掘机不断地扔石头、土块。那台挖掘机手臂半弯曲,不停转动,不让人靠近。旁边,已经有人受伤,在捂着伤口骂娘。这样下去,一定会出大事。早两天,胡工反映此事时,吉春在车上立即打了电话给黄顺成。看这样子,他根本就没有听。吉春忍无可忍,冲着黄顺成吼道:"这回你高兴了吧。"面对这种场面,黄顺成也傻了眼。尤其是吉春从来没有发过这么大的火,他也不敢吭声了。

吉春马上拿出手机,向唐庆和汇报。估计唐庆和正在开会,回了一条短信过来:稳住现场,立即报案。吉春一边向人最多的地方走去,一边打通了第六派出所所长小郭的电话。

大山冲村的支书、主任都在现场。见了吉春,他们马上叫村民停止攻击挖掘机,围住了吉春一行。"吉总,你们太不够意思了吧,这点小工程都不给我们做,今天不把事情说清楚,都别想走。"支书何永古气愤地说。

"平时要我们支持就说好听的话,现在人受伤了,你们看怎么办吧。"村主任何三强火上浇油。周围的村民也满脸怨气,仿佛在等村干部的命令。吉春想,看这阵势必须先找台阶缓和局势。

"两位兄弟,实在对不起,这事我确实不知道……"吉春堆起笑脸,准备解释。马上有村民在人群中说道:"你是老总,怎么会不知道?"其他人也附和,甚至有土块扔了过来。

何永古、何三强跟吉春太熟了,怕控制不住局面,扬手叫大家停下来。吉春继续说道:"我听说出了事就赶过来了。这样好不好,先把挖掘机撤走,然后用指挥部的车将受伤的人送到医院,再请支书、主任一起到指挥部商量怎么办。"见吉春说得有道理,何永古点头同意了。那些村民走的时候还放下话:"不把工程给我们做,就把指挥部砸了。"

说是指挥部,其实是建尾矿库时租用的大山冲村的一间民房。吉春他们往回走,快到指挥部时,第六派出所所长小郭带着两名干警过来了。吉春下车把事情的经过告诉了他,所长见没出什么大事,转身要走。吉春说,如果没什么事,就一起参加协调,然后一起吃个晚饭。吉春打了个盘算:他想让几方知道,自己不是软柿子。

那天在车上打电话给黄顺成,黄顺成答应去处理。从今天的情形看,他是当面一套,背后一套。把附属工程交给自己村里的人来做,本身就是制造矛盾。他一是想在村里树立威信,二是想给自己出难题,让自己顾此失彼。但他打这些小算盘,恰恰忽略了这个工程是市、县重点工程这一大局。吉春想,这样的素质,怪不得市环保局的吴子才局长在背后臭他。

到指挥部一坐下来,何三强就指着黄顺成骂了起来:"黄顺成,别以为你们村子大,我们不怕你们! 反正水没有喝了,土地没有种了,坐牢也不怕。"

"我村子大,与我有什么关系? 没水喝、没地种与我有什么关系?"黄顺成嘴上硬顶着,但出了这事,他底气不足,说话也不响亮。

"你不要以为我们不知道,你在私人矿里有股份。今天开挖掘机的人就是你们村里的。天盘湾开矿的数你们村老板最多,你们在上游,难道与你们无关? 今天这事,完全是你出的主意,其实钱也不多,你就是想给吉总出难题。"何永古毫无遮拦地说,竟然几句话就把吉春推到了前台。

吉春觉得这样下去不行,对两位说:"支书、主任,其他的事不要乱说。我先说说今天的事,我们的态度是很明确的,在同等条件下,附属工程优先考虑大山冲村,请胡工落实。至于其他工程队,请黄总做工作,绝对不能参与。打伤了人,请郭所长辛苦了解一下,我看也没什么大伤,出点医药费就算了。再出现这样的事,我会向县委汇报,追究个人责任。"吉春想,对黄顺成的所作所为必须有所防范,先放点狠话也好。至于说他与私人矿有什么关系,没有证据不好乱说。同时,黄顺成还没有公开跳出来反对自己,就暂时不要管他,目前工作多,也需要人做事。

吉春他们开会的时候,部分村民还在外面围观。吉春便朝何永古使了个眼色,让他把村民劝开。工程问题解决了,村民也再没什么由头,就散开了。

吉春随后又给唐庆和打了个电话。唐庆和从会议室出来接了电话,对吉春的态度表示支持,同时嘱咐工程不能再出问题了。吉春也觉得不会有什么问题了,就满口答应了。

在指挥部吃了晚饭,吉春直接回到了公司办公室。

今天的事处理得圆满,心情十分舒畅。吉春喝了几杯乡下的土酒,觉得有点发热,就进卧室洗了个热水澡。洗完澡后,他先给老婆打了个电话,再把堆在桌上的文件处理了一下,然后出了办公室,朝谢玉娥家走去。

谢玉娥是深河矿业公司响当当的人物。20世纪70年代末期,她只有18岁,接父亲的班到了矿里,被分配到"三八"女子掘进队。女孩打风钻,没有力气和胆量是做不到的。谢玉娥三年后就当上了队长,而且一干就是八年,还当选过全国"三八"红旗手。调出地面后,她做过仓库保管员,五年前被推选为公司工会主席。谢玉娥把公司视为自己的家,十分爱护,在职工当中也很有威信。她与吉春彼此都比较了解,吉春十分敬重这位比自己大七八岁的大姐。

谢玉娥因儿子在外地读研究生,也就没有到县城买房子。丈夫已经内退,夫妻俩就住公司原来建的家属区里。吉春把这几天发生的事跟谢玉娥说了,然后问起了石勇志的事。

"这段时间,有很多职工都在问与'十二矿'合作的事,我一直不敢正面回答,主要是你的态度我不了解。老职工把石勇志的事提出来,是想唤起我们班子成员的记忆,给班子压力,坚决反对合股。"谢玉娥实话实说。"大姐,我非常清楚目前的局势,有些话是不能说出来的。"在私下里,吉春总是叫谢玉娥"大姐",谢玉娥很高兴。吉春接着说:"现在市里、县里逼得这样紧,假如我公开表明态度反对合股,不出三天,我的总经理职务就会被抹掉,黄顺成便会接位,最终吃亏的还是职工啊。你信不信?"

谢玉娥也没想到这一点,听吉春这样一说才感到事态比自己想的严重。她神色凝重起来,对吉春充满敬意地说:"吉春,还是你想得远。可职工逼得紧,又怎么办呢?"

"现在的形势很不利,'十二矿'也在加紧活动。他们甚至什么手段都会用出来,对此要有所警惕。我的想法是,我利用评估这段时间先周旋,你则在职工面前公开表明反对入股的态度,但不大张旗鼓。这样做可以稳定人心,职工一乱,生产就乱了,就最容易出大事。"吉春接过谢玉娥递过来的橘子,正色说道。"我明白了,我一个快退休的人了，先顶一阵，谁也奈何不了我。"谢玉娥豪兴大发地说，仿佛当年的"铁姑娘"。"可假如我们真要收购，有那么多钱吗？"随即她又有点担心。

吉春不想让谢玉娥操太多的心，信心满满地说："大姐，你一定要相信我，我会有办法的。但今天我说的话你一个人知道就行了。"

三

周末的晚上，吉春陪老婆蒋红到开发区散步。

深河县城地势非常开阔，深河水从县城中央穿过。河两岸是依河岸曲线建成的河滨路，蜿蜒数公里。河下游已建好了三座新桥，依次叫彩虹桥、飞虹桥、丽虹桥。其中丽虹桥最宽，连接开发区的深河大道，以桥为界分为深河大道东路和深河大道西路。河西原是几百亩农田，现在已成了水泥路和高楼。初具现代气息的县城，让附近张村的一些小洋房以及贴了一些面砖的房子显得更加凌乱和土气。

吉春喜欢深河两岸的河滨路，它弯弯曲曲，仿佛就是一个大公园。到了夜间，这里华灯绽放，游人如织。有次吉春听见有两个老人在谈论，他们说："搞了这么多项目，不知那些贪官进了多少钱，我们那时候……"吉春就想，这些人是后悔自己当初没上项目、没捞钱，还是庆幸自己正直呢？上项目跟腐败真是一对双胞胎吗？

吉春散步跟别人不一样，他喜欢从每座桥上穿过。这就意味着他要走大"S"形，一会儿河东，一会儿河西。把三座桥走完，至少要两个小时,既锻炼了身体,又欣赏了风景,可谓两全其美。

蒋红在县人民医院外一科当副主任。她其实是个要求很低的人,只要吉春有时间陪她,外面没别的女人,她就会很开心。有一次吉春与老同学在一起闲谈,说自己的老婆要求低时,那些男同学居然取笑他道:"你这个半桶水,这样的要求还低啊!"吉春想想也是,现在这个社会有几个男人能达到这个要求。

"老吉,期中考试刚结束,阳阳的成绩不是很理想,有时间你要管管她,跟她班主任联系一下。"蒋红开口说。跟蒋红在一起闲聊,一般是家里的事。

"成绩退了一点儿没关系,关键是不要给她压力,班主任那里等开家长会再说。"吉春说。他的意思是没时间。

"看看人家的孩子多听话,我是心也操了,女儿长大了也不听话,你又不管。"蒋红又开始数落了。

"我怎么不管,我是没有时间。"吉春说。

"要你请老师吃个饭,或者到班主任家里坐一坐,你又不肯,小孩又不是我一个人的。"蒋红有点生气了。

吉春其实非常了解自己的女儿阳阳,综合素质还是不错的。晚自习回来都还要写作业,吉春见了既心疼又无可奈何。女儿跟妈妈总有点别扭,不知是女儿的逆反心理使然,还是她妈妈的方法不对头。再谈这个话题恐怕又要出矛盾,吉春安慰蒋红道:"你也不要急,有时间我找她谈谈。"

边走边说,过了飞虹桥来到了河西。在桥头,吉春遇见了李同文。对方一见他就大呼道:"哎呀,难得难得,老总侄子这样轻松,陪家人散散步,你们真是幸福啊。""哦,李局长,在这里碰见你,真是有缘。"吉春笑道。

"我家就住在河西,在这边买了房子。河西开发也有我的功劳哟。"李同文得意地说,不停地晃着他的聪明脑袋。

吉春说:"是啊,你们是最大的地主。"

双方寒暄了几句,就握手道别了。蒋红说:"这个人是谁,叫你侄子。"吉春不好过多解释,说:"这是场面上的事,一时说不清楚。"只是刚才听李同文说住在河西,吉春便想起河西只有一处高档住宅区,每间起价起码也得六七十万元钱。如果是复式楼,则要上百万。

"他怎么知道我们幸福?"蒋红说。显然,蒋红还没转过弯来,对李同文的话有意见。

"你这个人啊,在医院待久了,变蠢了。人家就是随便说说,难道要说你十分痛苦你才高兴?"吉春觉得老婆有点小题大做。

说到幸福,吉春想起了8月份那次关于"幸福"的座谈会。

省城有一家《幸福》杂志社,为了扩大发行量,8月份到深河,鼓动县委宣传部出面召开了一次"我说幸福"座谈会,吉春也在受邀之列。做准备时,吉春上网搜索了一番,发现网友对"幸福"的理解千奇百怪。比如有人说:最好的运气不是无往不利,是跌倒时有人扶起;最真的幸福不是从不流泪,是流泪时有人陪你哭泣;最大的快乐不是发达时有人拍你马屁,是寂寞时有人给你信息。还有人说:吃得下睡得着,有良朋有知己,有能力助他人,有雅兴读好书,有时间陪家人,真福也。吉春觉得他们说得太好了。最后吉春的发言是:幸福与人的综合素质密切相关,幸福与人的成长环境密切相关,幸福与人的发展空间密切相关。幸福没有绝对,全靠自己体会。没想到,杂志社后来还登了他的发言。

蒋红在为小孩的事恼气,加上天生就是不会疏解自己的那种人,所以难免生气。不一会儿,手机响了起来,吉春一看号码知道是人大办公室的。一个娇滴滴的声音传了过来:"吉总老哥,又在哪里潇洒吧,小妹又求你了。"

打电话来的是县人大办公室主任邓菊,每次找吉春办事都是这种腔调。吉春皱着眉头回道:"邓大主任,这么晚了还在办公室,真是辛苦了,什么事说吧。"

"哎呀,吃了饭才接到通知,一个活动提前了。市人大一名领导过来,组织在福林市的省人大代表视察我们县的农业产业化工作,要一台好一点儿的中巴车,我只好请你帮忙了。"邓菊在那头说,好像一肚子怨气。

"没问题,我打电话告诉车队长,你再跟他联系,商定具体时间、地点。"吉春说。他对这些事习以为常,见老婆有点不高兴,便挂了电话。随即他又打通公司车队长的电话安排妥当。

"邓菊那个人,你离她远点。"蒋红有点醋意地说。

"说到哪里去了,我根本就没离她近。"吉春一脸无辜。

"听她那声音就不舒服,好像跟谁都是相好。"蒋红没好气地说。

"哎呀,你今天有问题噢,蒋医生,要不要给你请一个心理医生啊?各单位、各部门找我们要车又不是一次两次,你又不是不知道,千万别想多了。"吉春怕蒋红在大庭广众前再说出什么不雅的话来,赶紧安慰道。

反过来想想,老婆吃醋也很正常,自己毕竟是公众人物。

　　蒋红没有再说什么，转眼便来到丽虹桥。吉春看见桥中央围着一大堆人，感觉气氛有点不对。吉春挤进人群中，居然看见了这样一幕：几个女人，有四五十岁的，也有三四十岁的，把一个年轻的女子打倒在地，扒光了她的上衣，剩的只有胸罩。这些人嘴里还不停地骂道："你这个婊子，今天终于找到你了。看你还敢偷人。"

　　围观者没有人出手劝阻，更没有人报警。吉春挤出人群，本想拨打110，想了想，直接拨通了县公安局副局长张利飞的电话。不到两分钟，一辆警车呼啸而来。吉春叫蒋红脱了件外衣给那女子，自己则脱了外衣给蒋红穿上。那女子鼻青脸肿，披头散发。吉春感到似乎在哪儿见过，但一时又想不起来。加上派出所的警察要先送女子到医院，他就没多想了，只是对带队的警察说："是我打电话报警的，有什么事让你们张利飞局长跟我联系。"

　　张利飞是吉春高中同学，老家是县城边上张村的。吉春打了一个电话过去："老同学，反应很快嘛。""哪里，过几天不是有大人物来，我们刚刚增加了几台流动巡逻车。"电话那边，张利飞解嘲道。

　　"光天化日之下出这种事，你可要好好查一查，有什么事及时通知我。"吉春说。

　　"先送医院，再录口供，然后再查打人凶手。这是程序，我只能这样做了。"张利飞说。言下之意是老同学你管得宽。

第三章　机关重重

一

县委组织部早几天通知说，今天要到公司检查科学发展观学习落实情况。吃了早点，八点钟过后，吉春来到会议室等着。虽然当了总经理，吉春仍兼着党委书记的职务。看来县委也在考虑，企业党委书记有点难配：太弱的职工不买账，太强的又会与老总争权夺利。吉春为这事找过县委书记周小豹，但他没有明确表态。据民间传言，周小豹不久就会升任副市长了，吉春猜可能是他不想再操这个心。位置只有一个，伸手要的人却很多，最后得罪的是大多数。

到九点钟，检查组的人来了。一行有五人，带队的是常务副部长马志。吉春赶紧起身迎接，把他们领到了小会议室。按照吉春的指示，桌上摆了一盆鲜花和一些水果，空调也已打开，给人春意盎然的感觉。

马志非常高兴，落座后对吉春说："吉老总，搞那么隆重，好像我们是外人。""哪里，就是几十块钱的事，你是我们的老领导，我们应该热烈欢迎。"吉春说着，顺手把一包软"芙蓉王"烟递了过去。

公司参加汇报的有吉春、谢玉娥、吴国成、李会以及党务部的全体人员。马志先说了来意，然后就是吉春汇报。汇报之前，吉春先说了大致安排，即汇报后检查组先查资料、看记录，再到牛背溪工区看点，看完后就到县城吃中饭。吉春强调说牛背溪工区离县城近，没必要让老领导去偏僻的龙山坪工区了。吉春心想，自己下午要去县城办事，之前已经答应李同文去见黄氏兄弟。

吉春没有照读材料，他知道大家手上都有一份。他归纳总结了"六有"，即"有班子、有票子、有房子、有成效、有特色、有经验"，不用半个小时就汇报完了。马志听得很高兴，特别是对吉春他们搞了许多有特色的自选动作表现出极大的兴趣，当场说要公司组织一篇如何建设企业文化以及保稳定、保增长的经验介绍，向市科学发展观学习办公室推介。到了工区点上，检查组查了会议记录以及工区负责人的笔记，在宣传栏旁驻足了一会儿，便驱车到了县城。

中饭的地点定在万里香驴肉馆。吉春想那里的菜确实不错，档次也还过得去。另外他想见一下那位女服务员，证实那天被打的是她。到了餐馆，果然不见那女孩。问老板道："换服务员了？""张村那些狗老二，好坏。无缘无故打人，把我一个好服务员打走了。"老板气愤地回答。

吉春想，怪不得那天见了有些面熟，没想到真的是她。她怎么会与张村的人有纠纷？公务在身，他也就没有多问。

马志五十多岁了，原在乡里当党委书记，到组织部已有六个年头了。常务副部长管干部，权力比其他副部长要大一些。吉春一边喝着佛跳墙汤，一边对马志说："老大，我们这个党委书记要尽快落实啊。"

"老弟,你可是抬举我了,你们这级的党政一把手,我哪有资格说话?你最好找一下曹部长和周书记。"马志拍拍吉春的肩膀说。

"我去找是代表个人,你帮我说话可是代表组织,帮个忙总可以吧。"吉春仍然不放过,有点着急地说。

"老弟真会说话,帮你说话那是自然的。你才四十出头,前途无量,我可指望到你那儿领退休工资呢。"马志喝了一口酒,放下杯后,带点个人感情地说,"说真的,在科局、乡镇,就是加上现在的县一级领导里,我也觉得你是综合素质较高的一位。"

吉春没有答话,不置可否地笑着摇了摇头。

吃完饭,吉春邀请马志一行去泡脚。马志说下午还要跑两个乡镇,拒绝了。

约好了下午与黄氏兄弟见面,吉春见有时间,驱车回到了家里。家里异常热闹,看得出是刚吃完饭。原来蒋红把她的父亲及几个姐弟喊来了。蒋红在家排中间,上有两个姐姐,下有两个弟弟。见吉春回来,大家又是客套一番。

"吉春倒是稀客了,来,扯几手字牌。"大姐说。

"你们玩吧,下午很多事,我先休息一下。"吉春笑了笑说。

蒋红正在洗碗,见吉春回来,接上话说:"他呀,能回来打个照面就不错了。"

一觉睡到下午三点钟,吉春洗漱了一下,与一家人打了个招呼,走出了家门。

坐在车上,吉春见离晚餐时间还早,拨打了县委常委、组织部长曹永恒的电话,曹永恒说在外面开会。随即吉春又拨打了县委常委、纪委书记雷宏的电话,雷宏说他在办公室。吉春让小王把车开到了县四家大院。

吉春得到曹永恒与雷宏的赏识是由举报信引起的。

前任总经理出事后,县委宣布暂由吉春主持工作。第二天,便有十余封举报信到了十一个县委常委手中。举报信没有署名,对吉春的“罪状”列举得很翔实,说他接受红包几万元,安排自己的亲戚进公司,到外面出差住豪华宾馆,嫖娼……

县纪委和县委组织部按照县委的指示,成立联合调查组,进行了一个月的调查,吉春毫不知情。县委觉得,假如前总经理出了问题,接任者又有问题,麻烦可就大了。

最后的结论是举报的内容子虚乌有:吉春把凡属求办事、解决问题的红包礼金全退了或上交了,但存在逢年过节收礼物和人情往来收红包的现象。吉春任书记期间进的八名退伍军人,全部是县里统一安置的,有一名亲戚是上班后才攀上的。吉春住宾馆用的是内部员工价,打折一半以上……结果出来后,雷宏和曹永恒找吉春谈了话,同时到县委书记周小豹面前推荐了吉春。在研究吉春任命事宜的常委会上,有的领导还提出了吉春胆子不大、缺少魄力等问题。两人把调查的结果全部公开,最后给吉春下了坚持原则、内敛稳重、富有远见、清正廉洁的结论。吉春的任命顺利通过。这些都是吉春事后才知道的。

推开雷宏的办公室,雷宏示意他先坐下。见雷宏正在与一位副书记谈话,吉春知趣地走进了会客室。不一会儿听见雷宏叫他,又走了出去。

“当了老总,我这里不敢来了?”雷宏说。他单刀直入地开起了玩笑。

"要不是因为要向你汇报工作,你这里谁想来啊?"吉春带点俏皮说道。

"来了对你有好处,我正好有事告诉你。市委朱副书记早几天打电话给我,向我了解你的情况。我认真作了汇报,但不知是祸是福。"雷宏倒了一杯白开水给吉春。雷宏自己也喜欢喝白开水。

"大领导也记住我了?这事有点怪。"吉春问道,神情马上严肃起来。

"你们与'十二矿'谈判的事,我多少知道一点儿。现在你的态度不明朗,县里、市里都急。经济工作的事我不抓具体的,但我有责任保护。如果你自己不把握好,到时候谁也保不了你。朱书记你是了解的,在我们福林市的分量……"雷宏说。这话也算是说到该说处了。

吉春知道县里领导都在看着他。自己之所以还在这个位置上,就是因为还有不同的意见,说穿了就是还有一股反对"十二矿"入股的力量。吉春把自己的担心和思考向雷宏作了详细汇报,唯一隐瞒的是与谢玉娥商量的事。吉春还告诉雷宏,晚上就与黄氏兄弟交锋。

五点半,吉春准时来到了县城东部的幸福庄园,李同文、黄氏兄弟早在六号包厢等他。没有想到的是,那天在驴肉馆吃饭时见过的姓黄的美女也在一起。见吉春有些诧异,那女孩走过来说:"吉总,没想到吧,黄军海是我叔叔,黄军洋是我父亲。"

吉春恍然大悟,自嘲地说道:"失敬、失敬,原来是大老板的千金。"

到了六点钟,上菜了。李同文兴奋地对吉春说:"侄子老总,我们算是有口福。黄老板他们买到了一只摔死的穿山甲,有十多斤,今天我们就吃穿山甲全席。"

吉春心里对李同文升起一种厌恶情绪,但又不好发作。这穿山甲哪有摔死的,分明是通过地下走私从广东弄过来的。国家保护动物不说,起码也要几万块钱。于是他有点生气地对黄军洋说:"黄老板,你们是拉着我跳火坑啊。"

"吉总,这是我自己出钱,下不为例,下不为例。"黄军洋也有点不好意思。

事已至此,也只有点到为止。大家你来我往吃喝起来,但一句工作上的事都没说。吉春见那小黄气质不错,便问道:"小美女,还不知道你的大名呢。""我叫黄一,一、二、三的一,最简单好记。"小黄答道。

"哦,是好名字,人也长得晃。那天与你在一起的帅哥是你男朋友吧,怎么没见他?"吉春问道。"晃"是当地人用来称赞某人非常漂亮的土话。吉春认为这个字很有动感,特别有意思。

"他到福林办事去了,没过来。"黄一说,好像不愿多提。

吃完饭,黄一提出请李同文、吉春去唱歌。李同文马上说道:"好,我们先去订包厢,你们随后过来。"便与黄一先走了。吉春知道正题才开始。

"吉总,我们就直来直去吧。听说你对合股的事还没有表态。"只有三个人,黄军海直截了当地说。

"黄老板,我们打交道多年了。你知道,这个企业不是我个人的,我不可能随便表态。"吉春毫不退让地说。

"县委书记、县长都同意合股，就是你不同意，这样太不够意思了吧。"黄军洋搬出了县委书记、县长，步步紧逼。

"书记、县长只是提出原则意见。我们大部分职工不同意，我没办法。"吉春说，他知道，今天不会有好结果。

"吉总，做人要现实一点儿，等到市里出面就没意思了。何况我们入股对你们没有什么损害。"黄军洋又说，他的意思很明确，他们在市里也有人。

"过去，你们超深越界开采，与我们的矛盾还少吗？况且你们'十二矿'的资产评估，根本就没有履行手续。"吉春一针见血地指出。

黄军洋是个急性子，马上跳起来说："我们有市领导的批条……"还没说完，就被黄军海制止了。

谈不出什么名堂，吉春也不想浪费时间，站起来说道："感谢两兄弟了，今后怎么搞，再说吧。"

"唱歌还是一起去吧，李局长他们在等。"黄军海说。

"你们去吧，我还要办点事。"吉春应付道，然后从衣架上取下衣服穿上。

上得车来，吉春准备打电话给老婆，约她去散散步。手伸进口袋，却先摸到一个信封，他心里一惊，急忙打开。里面是一张银行卡，还有一张纸条，上面写着"吉总，一点儿小意思，不成敬意，密码是××××××"。那字估计是黄一所写。吉春急忙驱车到县城，走进一间取款机房，一查吓了一跳，整整有 50 万元。他马上拨通了雷宏的电话。

二

每个月一次的经理办公会都在月底召开。

经理办公会,就是对每个月的工作进行回顾总结,指出存在的问题,安排下个月的工作。所有相关人员都要参加。

先是赵亚君进行财务情况通报,她说:"今年下半年,矿产品价格普遍上涨,企业销售收入比去年大幅度上升,预计全年可转亏为盈,实现利税3000万元。但成本控制存在困难,用电、钢材、炸药、黄药、硫酸等原材料价格均呈上升势头。同时资金回收也不理想。"

"原材料价格上涨,是经济复苏的一种迹象,我们要有所准备。电价上涨是国家政策规定,这个可以与电力公司谈一下,能否考虑冶炼厂采用大工业用电。另外,冶炼厂的变压器已经老化,损耗非常大,可考虑更换一台。"吉春插话道。冶炼厂的厂长一边点头,一边记录。

两个采掘工区的负责人也作了汇报。牛背溪工区主任邓龙通报了一个重要情况,他说:"不知为什么,天盘湾黄军海、黄军洋的矿一直没有停产。据说他们有台大功率柴油机藏在井下,而且有时挪用抽水的电来打掘进。460巷道的作业面经常可以听见那边放炮的声音。"

"请生产技术部安排力量再下460巷道的斜井下测量,密切注意动向。最近经常下雨,局部有山洪。假如被黄军海他们打穿了窿道,天盘河水就有可能冲向我们的巷道,这个事还要向县里反映。"吉春说。他对开这种会非常喜欢,可以面对面了解很多情况,而他呢,则可以直接下命令。

"要是合股了,还会发生这样的事吗?"黄顺成趁机说道。

"按这样的情况,我觉得合股也没有什么大不了的,至少不会有冲突吧。"邓龙天真地说。一说到这事,谢玉娥马上针锋相对地说:"要当卖国贼你们去,全体职工不会答应。"

邓龙这批三十出头的小伙子,在谢玉娥面前可是小字辈,见她发火,马上就不说话了。黄顺成则铁青着脸,掏出一根烟抽了起来。

车队、选矿车间、生产技术部和各分管领导讲完后,吉春作了小结,对下阶段工作作了部署。重点是安全生产、资金筹措、生产任务等方面,同时特别交代由黄顺成负责组织尾矿库的验收,并迎接市环保局的检查。对于与"十二矿"合作一事,吉春没有提及,他知道黄顺成会把他所讲的话全部告诉黄氏兄弟。

散会后,吉春把赵亚君、李会、邓龙留了下来。他叫赵亚君准备去银行的资料;叫李会把送县委组织部的典型材料出一份清样,自己再修改一次。他把邓龙留在最后,是想找他单独谈谈。

"怎么样,小孩满月了吧?"吉春问。邓龙的老婆在上个月生了个儿子。

也许是刚刚被谢玉娥顶了一下,又不知老总留下他干什么,邓龙有点慌乱地说:"快了,还有三四天。"

"你这个蠢仔,现在形势这么复杂,怎么能随便说话,凡事要有点政治头脑。"吉春点了他一下。他对邓龙很欣赏,有责任心和正义感,像年轻时的自己。

"我确实不知道这里面有什么奥秘。"邓龙说,见吉春没生气,开始缓过劲来。

吉春想,公司像邓龙这样的人为数不少,今天有必要告诉他了,于是耐心地说:"我们公司与'十二矿'的恩怨你很清楚,石勇志前年差点被打成植物人,至今是全矿职工的心病。我们为什么不能合股? 首先是我们的采、选、冶技术无法折成无形资产入股,也就是我们的技术和人才优势要为他们创造财富。其次是我们深度控制的矿体是我们公司今后生存的命根子,是国家的财富,我们不能随便公开。假如他们入股,他们就可以探知我们的一切,若干年后,通过运作,整个公司有可能被他们吃掉。最后是'十二矿'中有的已经资源枯竭,有人就是想用毫无价值的巷道来参与股份,谋取长久的利益。"

"吉总,你不说,我真的没想那么多。"邓龙说。

"这种话我也不能随便说,现在逐步接近矛盾的核心,我们公司也有部分人认为合股与收购没什么区别。"吉春说了这句含糊的话,想试试邓龙的反应。

邓龙是聪明人,马上会意道:"吉总,我明白了,有些话由我去说。我们要拧成一股绳,不能让这个阴谋得逞。另外,我听说黄军海、黄军洋的窿道已经无矿可采了,现在很兴旺的样子只是做出来的。"

"用联系的观点思考问题、分析问题、解决问题,你就开始成熟了。"吉春说。

邓龙走后,吉春拨打了大山冲村何永古的电话,告诉他市、县领导去他那儿的事,要他准备油茶和一只黑山羊,并说黄副总经理会跟他联系,请他支持。吉春知道何永古不买黄顺成的账,怕误了大事。

他刚想关上门清静一下,却又有人敲门。打开门一看,一女子迎面而立,原来是黄一。吉春有点吃惊。

"吉总,不请自到,请原谅。"黄一穿着冬裙,围着一条红围巾,亭亭玉立,笑眯眯的。

自从上次银行卡一事后,吉春对黄一没有一丝好感,这个家庭除了钱以外什么都没有。吉春冷冷地说:"黄小姐,有何贵干?"

"从英国回来后,家里人让我学习做点生意,于是到处走走。这边有几笔业务在谈,就过来一下。听说吉总这里在招聘人员,想过来试试。"黄一像跟家人说话似的,没有一丝生疏。

"招聘,谁说的?"吉春问。

"这是我的个人资料,请吉总过目。"黄一不由分说送上了一叠资料。

"黄小姐,我不知道你从哪里得来的消息,我们根本没有发布招聘信息。另外,即便有此事也请你找人事部门。"吉春说。在没有了解黄一的目的之前,吉春依然不让黄一走近自己。

黄一似乎不在意吉春的态度,不紧不慢地说:"没有招聘,我来自荐也可以啊,我学的是企业管理。吉总忙,我不打搅你了。"说完,朝吉春挥了挥手,转身走了。

吉春盯着黄一的背影,一时没有回过神来。事情来得突然,吉春猜不透这里面有什么问题。但有一点儿可以肯定,假如不是黄一自作主张,那就是黄氏家族策划的一次阴谋。吉春收回目光,下意识地翻开了黄一的个人资料。

中午,吉春休息了一下。两点钟不到,手机响了起来。一看,是张利飞的。

"吉春,你在哪里?"张利飞在那头急切地问。

吉春开玩笑道:"张局长,有什么指示,发生什么大案了,要我去帮忙?我在公司,可以马上赶过来。"

"帮你的脑壳?你还有心思开玩笑,你赶快上深河之讯网看一看,有人在网上攻击你啦。"张利飞说。

一听这话,吉春赶紧起床,走到办公桌前,打开了自己的电脑,找到深河之讯网页,进入讨论空间,才意识到事态的严重。网上全是针对自己的帖子:

> 楼主:深河矿业公司老总吉春是个大腐败分子。
>
> 跳跳鱼:哈哈,是自己县的人,有证据吗?
>
> 华丽转身:傻逼,还要证据吗,当官的没有一个好东西。
>
> 来一刀:楼主乱搞的吧,吉春好像不错啊。
>
> 华丽转身:你是他们家亲戚吧。
>
> 楼主:等着瞧热闹吧,要不了多久,就要被抓了。
>
> 深河红日:大快人心,腐败分子要斩尽杀绝。
>
> 静静心:阴谋,楼主敢公开姓名吗?

一路看下去,参与的人越来越多。他们分成了几派,有相信的,大骂自己和腐败;不相信的,则骂楼主;还有网友之间对骂的。吉春感到害怕,这网络无风也能起浪。他又拨打了张利飞的电话。

张利飞说:"今天上午快下班时,我们负责监控网络的人员发现了针对你的帖子。他们也不相信你是腐败分子，又知道我俩是同学，就告诉了我。我现在就在监控器旁。"

"那怎么办？你们有什么办法？"吉春问道。在这方面他是个外行。

"我们会想办法删帖。我也估计是有人算计你，就让我的人以'静静心'的名字跟了一帖，意在引导一下，转移一下注意力。"张利飞说。

"谢谢你啦兄弟，这些流氓太痞了。能找到他们吗？"吉春问。

"估计对方也采取了措施，现在网络管理有些混乱，没有实行实名制。假如他随便安排人去一家非法网吧，即便找到地址，也找不到人，"张利飞说，"帖子我们马上会处理，你今后要更加小心。"随即又补充道。

第四章　峰回路转

一

国土资源部一位副部长要来深河检查矿山整治情况，县委书记周小豹和县长刘云既兴奋又紧张。

中央部委的领导到县里来检查而且住一个晚上，在深河的历史上是少有的。中央来人，一般省、市都有人陪同，据说这次市委书记也要来。

迎接检查的准备会在县四家大院1号楼的会议室召开。八点一刻，吉春来到会议室。见领导还没来，便到后排坐下，掏出县委组织部要的典型材料修改起来。刚看了没两页，背上就挨了一拳，随即一个声音跟来："吉总，这么认真，看情书啊。"

吉春抬头一看，是县电力公司总经理陶学民。这小子身材单单的，皮肤白净，只是眼镜后面的眼神带点玩世不恭的味道。吉春跟陶学民经常为电价、电费的事打交道，自然很熟。他打趣道："'逃学'先生，今天很准时，老师不会骂你了。"

"你吉总得了便宜又卖乖，我可苦了。'十二矿'的电全部要停，又要保生活用电，少了收入不说，还要给他们另架10千伏线路。一趟线路起码要 80 万,这钱应该你出。"陶学民说。他的意思是停了"十二矿"的电,就给吉春的矿业公司创造了好的环境。

"你是屁股上挂算盘,深河人都知道。这几年每年从天盘湾取得的供电利润就上千万,你 80 万算什么。要不是你给非法矿供电,我的矿哪有这样乱,全部被包围了。"吉春说道。他与陶学民打起了口水仗。两人比较随便,都不会计较。

八点半,书记、县长还有相关领导陆续进了会议室,两人停止了斗嘴。

会议由周小豹主持。刘云做了详细的布置,他说:"国土资源部的程副部长一行到深河来,是我们县的荣幸,是对我们县矿产资源整合和矿山秩序整顿的充分肯定。按照县委周书记的指示,我们进行了认真研究,决定把各部门各单位分成五个组。第一个组为材料准备组,由两办和国土资源局负责。第二个组为会务准备组,由两办和接待处、机关事务局负责。第三个组为后勤服务组,由两办、接待处和深河矿业负责。第四个组为治安保卫组,由信访局、公安局负责。第五个组为现场整治组,按惯例,矿山整治、整合领导小组成员单位全部派人参加。每个组的工作都非常重要,都不能出问题。每个组都由一名县级领导挂帅。我现在最担心的是现场那一块,所以安排县委常委、常务副县长邝献波负责。陶学民,你架低压线的工作进行得怎么样了?"说着说着,刘云突然点了陶学民的名。

陶学民正在自己的记录本上画老鼠,画了一只又一只。吉春用手提醒了他一下,心想这小子要出洋相了。没想到陶学民站起来马上答道:"已经立好了杆,器材也运到了天盘湾变电站,五天之内可以完工。"吉春不禁暗自叹道:这小子聪明,看似漫不经心,其实很有心计。

刘云讲完后,周小豹又作了强调:"这是一个严肃的政治任务。一是配合要好,各单位、各部门、各环节要相互配合,一环扣一环。二是工作要实,领导要具体抓,抓具体,一件一件落实到位,哪里出了问题就追究到哪里,就打谁的板子。三是措施要硬,散会后各小组马上要召开会议,明确分工,进入临战状态。从明天开始,小组每天都要碰头,小组长将情况向我和刘县长汇报……"

周小豹的讲话不再很具体,但大家都认真做了记录。看了两办准备的工作预案,吉春边记边想,照理自己到现场整治组才对,分到后勤接待组不知是怎么回事。

大会散了后,周小豹、刘云又把两办主任、接待处长、吉春留了下来。

"对部领导的接待,我们没有经验,但油多不坏菜,做几手准备总是好一些。"周小豹直截了当地说,"另外,请吉春准备三万元钱。部里来三个人,每个人给个一万元的红包。送红包的事由吉春负责,具体怎么送,你自己想办法。现场整治那里,你派一个副总就行了。"

周小豹说完后,其他人都将目光转向了吉春。

吉春明白了,县里看重的还是后勤接待这一块。把他分在后勤组,是因为要他出钱,而且列支起来方便。只是他心里有些别扭,一个招呼都不打,就要几万元钱。但县委书记的话已经说出,加上天盘湾资源整合与深河矿业还是有关,就释然了。想想也是:兵马未动,粮草先行。

"钱没有问题,只是怎么送我真的没有想到。"吉春说出了自己的担心。

"刘县长,今年的接待经费已超支了,我现在一分钱也没有。"接待处长胡玲玲趁机叫苦。

"今年是县财政最困难的一年,要平衡预算,保过年,还得向市财政借五千万。你先赊一部分,另外年终决算时你写个报告。"刘云一边安排,一边看了看周小豹,似乎是征求他的意见。

周小豹说了一句:"这个……"然后停顿了一下,像是对刘云,又像是对所有人说:"这事马虎不得,没钱办不了事。请吉春考虑一下,先借五万元钱给接待处。"

胡玲玲转忧为喜,马上对吉春说:"好呀,天无绝人之路。吉总,什么时候去办?"

吉春心里清楚,周小豹一直都在活动当副市长一事,这次是一个难得的机会。而刘云呢,虽然表面上不说,内心深处还是希望周小豹快点高升,自己能尽快接任县委书记。

"这样吧,你写个借条,叫罗主任证明一下,我下午叫财务送过来。"吉春说。罗主任就是县委常委、县委办公室主任罗万马。吉春知道这钱是老虎借猪,但他必须要履行手续。

事情告一段落,刘云和其他人先走了。周小豹又把吉春叫到了自己的办公室。

周小豹的办公室在303。周小豹中等身材,圆圆的脸,戴着一副比较高级的眼镜。从外表上看,与"豹"这个字毫不相干。吉春听说,周小豹大学毕业后在福林市师范学校当了几年老师。那时师范离市区较远,不时有社会上的小混混到学校骚扰女学生。学校一般是采取报警的方式,但效果不好。小混混与警察打游击战,你来他走,你走他来。周小豹忍无可忍,组织二十多名青年教师和男学生,与小混混打了一架,当场就打死一人,重伤两个人。这下可不得了,周小豹被公安机关逮捕。师范学校两千多名学生和老师联名保他,并组织上街游行,结果周小豹无罪释放,并被所有女同学尊称为"护花使者"。他的血液里流淌着豹子的烈性。

"吉春,刘县长跟我说了你的事,你下不了决心,在担心什么?"周小豹很严肃地说。他做事很强势,性格与长相不相匹配。

吉春心里有点恼火,好像所有问题都是自己一个人造成的,必须负全部责任似的,但当面又不能说出来,只好委婉地说:"周书记,这个事我在努力,尽量不出大事。"

周小豹目光直逼吉春说:"你首先要统一班子的思想,黄顺成的态度就很明朗,而工会则站在工人的立场上说话,这样怎么行?合股为什么就这么难?把大事办好了,大局稳定了,天盘湾可以全面复工,县里也有收入了。这是大好事,你们就总是打着小算盘。我实话告诉你,工人闹事我不怕,到时候我也保不了你。"

吉春清楚周小豹这番话的含义,除了市里在压县里外,黄顺成已经向他汇报。自己真正表态的时间也就在两三个月之内,因为在这段评估时间里,县里也不会有大动作。想到这里,吉春心里也坦然,顺着周小豹的意思说:"周书记,你放心,我保证不让你为难,但给我一点儿时间。"

周小豹见他如此明了,也就没有说什么。

从周小豹办公室出来,吉春备感凉意:县委、县政府的主要领导都倾向于合股,肯定有来自市里的压力。而黄顺成那里也似乎有一种力量在支持。要答应合股的确非常容易,也可以说出一大堆理由,可最终要出大事啊。

上了车,吉春想给唐庆和副县长打个电话,正巧对方打来了,他告诉吉春说:"市环保局吴局长一行七人,过几天要来深河,重点检查你那个尾矿库项目,刘县长会亲自陪同,请你务必安排好。"

二

深河县除了与广东省交界外,还与本省永开市的平山县相邻。

国土资源部副部长程继亮,在平山县吃了中饭后,驱车前往深河。

按照事先安排,市、县领导到两县交界处接他后,不进县城,直接上天盘湾。

深河方面派出了六辆越野车,加上市里两辆,一共八辆车,向天盘湾驶去。吉春的车也在被征之列,他的车上坐着唐庆和、县环保局长苏志刚、电力公司总经理陶学民。后勤组这边没有吉春具体要做的事,唐庆和特地叫上了吉春,是想一起商量一下迎接市环保局领导对县环保工作和深河矿业尾矿库预检的事。

"天盘湾、天盘湾,离天三尺三,人过要低头,马过要卸鞍。"每次来天盘湾,吉春都要惊叹它的气势。刚从黄泥湾村的公路进山口时,谁也没有感觉到什么。拐过一座小山丘后,一座险峻的大山便横亘在人们面前,怪石嶙峋,灌木丛生。大山绵延数十公里,沟壑纵横,流水潺潺。汽车几乎都是在爬坡,似在半天云中行走。清晨或入夜时,大山始终被大雾罩着,更增添了几分神秘感。今天天气不错,虽然只有七八度,但有阳光,能见度也较好。

"要不是这里开矿,我们也不会这样辛苦,来这里瞎搞。"环保局局长苏志刚说。苏志刚原来在乡里当党委书记,调进城不到半年。能当上环保局长,是因为他是全县资格最老的乡镇党委书记。唐庆和曾经在他手下当过乡长。

"苏老兄,没有这摇钱树,你环保局吃西北风去?"陶学民说。他倒不买苏志刚的账。深河人说喝西北风一般都说成吃西北风。

吉春想,这天盘湾开了十几年矿,不管是乱的时候还是治的时候,全县二十来个机关部门,哪个不靠它吃饭。他便趁机发泄道:"这世间真的没公平了,有的人开车上来跑一个圈就可以卷走几十万。我们企业想赚几十万,起码要销售几百万。老百姓要想赚几十万,估计要干一辈子。"

刚说到这里,车子突然慢了下来,吉春想,是不是要停车了。可一想,又不对,还没到一半路程。

"怎么还有马队?"唐庆和惊叫起来。

吉春定神一看,前面右侧的山路上,有几匹马驮着东西,正缓缓地前行。车子经过的时候,吉春发现,马驮的是一些食品和钻机配件。车内的空气顿时紧张起来。有马队,就意味着可能有窿道在生产。吉春想象程继亮此时会是怎样的一副表情。

唐庆和的手机响了起来,是常务副县长邝献波打来的。看样子是县委书记、县长骂了他,他就来骂唐庆和了。邝献波在电话里说:"唐庆和,你告诉车上那两个死仔,赶快想办法,编个理由,圆掉马的事。"

唐庆和把手机的声音调到了话筒播放一档,大家都听见了邝献波的声音。他是在骂苏志刚和陶学民,估计还骂了公安局长、国土资源局长等一大批人。

"肯定是黄军海、黄军洋那两个狗老二。"苏志刚大骂起来。

"连这几天都不老实,想钱想疯了。"陶学民接着说。

唐庆和转过身来,对后排的三个正色道:"现在骂谁都没有用,你们不是保证不会出问题吗?今天要是过不了关,市委书记会刮了你们的皮,当然也包括我,还有其他一大堆人。"

"我们该做的工作都做了,主要路口上全都设了卡。车是不可能进来的,估计这些马是从黄泥湾村后的小路上过来的。"苏志刚说,他似乎没有听见唐庆和的话,还在为自己辩护。

吉春看见唐庆和的腮帮子动了一下,似乎是在咬着牙控制自己不发火。苏志刚也确实狂了点,不想办法,出了问题推责任。而陶学民呢,没有说话,好像在沉思。吉春心里清楚,陶学民只要没有给黄军海他们生产供电,他就没有责任,所以他不必太担心。吉春看看窗外,见有电力工人在远处的电杆上拉线,灵机一动,对唐庆和说:"唐县长,你看这样行不行,我们停车把马拦下,让马抄近道去天盘湾变电站,把马背上的东西全部换成用电器材。就说由于封了路,马是电力公司雇来为架设生活用电拉配件的。"

唐庆和转怒为喜,立即拨通了邝献波的电话,向他说了这边的想法。估计邝献波马上请示了书记、县长,约一分钟后,又拨来了电话说:"办法可行,我们尽量拖延去变电站的时间。"

办妥此事,吉春这辆车又加速赶了过去。来到一个叫秋水湾的地方,车队停了下来。吉春一行下了车跟在大队人马后面。秋水湾是整个天盘湾的核心部分,几乎所有的矿、选厂都在这里。这是一条又长又宽的山谷,谷底下是天盘河,两边全是不规则的厂房,有的用红砖砌成,有的用树木垒成。到处都是废石和装药剂的桶,山腰上散布着窿道口,无数金钱就是从这些口子里吐出来的。

吉春这才近距离看了看程继亮,见他个子较高,头发花白,两道浓眉不怒自威。此时,他铁青着脸审视着周围的一切。

"刚才路上遇见了马队,这是怎么回事?"程继亮对陪同人员严厉地发问。

站在身旁的邝献波刚想回答,陶学民用力挤进了人群,不急不慌地答道:"程部长,我是深河电力公司总经理,我姓陶。刚才的马队是因为我们这里全面停产后,正在另外架设一条给当地群众生产生活用的 10 千伏线路,我们用马拖器材上山。"

程继亮定神看了看陶学民,见他一脸诚实,没有追问下去。随即他又从专家那里取过望远镜,对着整个山谷扫视。看到某一处时,他突然停下来,问道:"有棵大树和岩石旁边的矿是叫什么?"

"叫聚宝矿。"唐庆和以为程继亮在考当地官员,马上抢答道。吉春倒是心里一动,有一种不踏实的感觉。聚宝矿正是黄军海、黄军洋两兄弟所开。

程继亮脸色稍缓和了一些。环顾四周,他指着不远处山上的一处建筑,对市委书记田高说:"那儿应该是变电站吧,我们走路上去看看。"田高刚想说句客套话,程继亮马上说道:"没关系,我身体还吃得消。"说完带头沿公路走去。

一路走去。吉春见唐庆和与邝献波耳语了几句,大家都笑了起来,步子也非常轻松。估计是他们觉得圆了马队的事,好交差了。此时,程继亮与田高的交谈不断随风飘了过来。

"这是一个好地方啊,如果挖掘整理一下,可以成为一个疗养胜地。"

"是啊,这里就是太闭塞了,但我们正在解决交通问题,几年后会有大的改观。"市委书记说。

"我们这些久居京城的人,非常喜欢这青山绿水。但现在哪里有资源,不管是矿藏资源还是旅游资源,哪里就变成穷山恶水。你知道我听了韩国人组织义工到九寨沟拾垃圾的新闻是什么感受吗?我是心痛加耻辱啊。"程继亮说。

"程部长,我们这些地方官员要负主要责任啊。"田高说。

两位领导的对话,让吉春感到一丝温暖。要说责任,全民都要负。

不一会儿,到了变电站。这座变电站是为解决天盘山矿区供电问题而专门兴建的。程继亮进得门来,看见那几匹马正在院子里卸器材,上前去仔细看了看,说了句"南方的马也不错啊"后,进了变电站的控制室。

几位专家去查看值班记录和电脑。市、县领导有意把位置腾给了陶学民,陶学民如数家珍地介绍了整个变电站的运行情况。程继亮不时插话,不时点头。

三

从天盘湾回到县城,已经是下午五点多钟。按照程继亮的安排,督查组先汇总检查情况,再就存在的问题进行反馈。

反馈会就在宾馆的小会议室举行,只有二三十人。市委书记田高主持会议,主讲为程继亮。吉春发现,所有的市、县和部门领导都像小学生似的,拿出记录本准备记录。

程继亮用热毛巾擦了擦脸,开始讲了起来。他说:"我们一行下来,给你们添麻烦了。但我们又不能不来,因为深河在国务院挂了号。为了减轻地方的负担,我没有要省里的同志陪。这次来,走马观花看了天盘湾,加上在车上与市、县主要领导交流了一些看法。我的感受是,中央科学发展的决策非常英明,地方的同志不容易,成绩有,问题多。成绩我就不讲了,我主要讲问题。第一,部门对集中整治没有形成合力。我们查了天盘湾变电站的电网负荷记录,很明显地暴露出有大大超过抽水负荷用电的情况,这里面是什么问题大家清楚。第二,县里对整合没有形成统一的意见,这对整治成果巩固不利,也对你们地方财政不利。我听说,关停一年,直接税费损失就达 5000 万元。第三,对天盘湾如何坚持开发与保护并举没有长远的、科学的规划,我问了县委书记、县长,你们拿不出来。"

说到这里,程继亮把头转向田高,问道:"书记同志,我说的没错吧?"田高笑着点头。

程继亮继续说道:"说实在的,我还没有老眼昏花,有些事蒙骗不了我,具体我就不点出来了。下一步怎么整改,市委书记在这里,深河县的主要领导和主要部门负责人在这里,我就不说了。总之请大家记住,官僚主义害死人,形式主义害死人,空话、假话害死人。"

对程继亮言简意赅的讲话,大家报以热烈的掌声。吉春心里由衷佩服,程继亮确实水平高,一语中的,不像一些官员,说八股话,哼哈一大堆,让人生厌。但吉春也听出来了,程继亮对具体情况也不完全知道。随后是周小豹代表深河县表态发言,田高作了总结性发言,意思只有一个,就是要坚决落实程副部长的指示,找原因,查问题,追责任。特别是周小豹,点名要陶学民、苏志刚、吉春站起来,认真检讨自己,就像老师要犯了错误的学生罚站一样。

吉春心里感到委屈,但又无能为力。给部领导和市委书记留下不好的印象,下一步又多了变数。何况今天还要把红包送到程继亮手上,怎么送真不知道。

散会后,大家一起就餐。宴会的地点就在深河宾馆一楼。

深河宾馆的前身是深河县招待所,原来是国有事业单位。到20世纪90年代中期,完全实现了转轨,员工该退的退了,有关系的则调走了。说是宾馆,其实设施还非常简陋。每一届(或每一位)主要领导出个主意修修补补,才有了现在这个样子。宾馆原有一座六层大楼,是混砖结构,现在全贴上了白色的面砖。早几年又建了一栋小楼,一楼装修了两间稍有档次的宴会厅。一张大桌可坐十八个人,今天两张桌都坐满了。

田高请程继亮坐在上席的中央,其他人按身份地位依次坐下。田高和周小豹分坐在程继亮的两侧,然后是专家,再后就是深河县委、县政府其他领导,吉春和几个部门的负责人则排在最后几个位置。

菜显然是经过了精心准备,档次高但又不觉得奢侈。汤是野鸡炖板栗,还专门到市里采购了新鲜的阳澄湖大闸蟹,最著名的是深河本地的特色菜"舞者黄蛙"。

程继亮听见服务员介绍菜名,见那黄蛙不像普通的蛙,伸筷夹了一只,嚼在口里,惊呼道:"这菜好,香脆可口,配上上等豆豉更是回味绵长。这是不是保护动物啊?"

周小豹见程继亮高兴,马上接话道:"程部长,这是深河特产。这种蛙叫黄蛙,是山珍。每年农历八月十五左右,桃花山一带有数不清的黄蛙下山交配,之后又返回山中。当地村民夜间持火把到山沟里捕捉一部分,挂在柴火灶旁边熏干,这种蛙肉质细嫩,腿特别修长,我们就取了一道菜名叫'舞者黄蛙'。这里有句戏言:宁烧一间房,不舍黄蛙干。捕这种蛙很辛苦,难度很大,但也是山里村民谋生的一条路,所以我们就只能是在引导中保护。"

程继亮这才愉快地吃了起来。酒上的是二锅头,接待处长胡玲玲通过省里的关系了解到程继亮喜欢喝。见程继亮高兴,田高倒满一杯,说:"部长到深河,我脸上有光,我用满杯敬您。"这种杯深河人叫"功夫茶",满上有二两。

"我是专门来找茬的,你们心里不骂我就不错了。这样吧,市委书记这一杯我也满上,但请大家作陪,我就少喝点了,我可是58岁的老头了。"程继亮说。他非常爽快,大家一起举杯干了。

宴会慢慢进入高潮。程继亮话多了起来,他颇有感慨地说:"每年我走的县有二十多个,全国各地都有。每个地方都有亮点,也有问题。退休后,我争取走遍全国两千多个县,好好欣赏那些养在深闺人未识的风景,也体味一下基层的冷暖。"

"好啊,欢迎程部长多来我们深河。"周小豹说道,然后趁机满上一杯喝了下去,程继亮喝了一口。

"在基层转久了,我是真切地感受到治国难,治地方也难。当中央说政令不畅时,地方却说制定政策的不了解情况。当大城市的房价涨到每平方米几万元时，一些山区贫困户全部家当不够三百元。我这个人忧患意识太重，有点进也忧退也忧的味道。我非常喜欢杜甫的《茅屋为秋风所破歌》，在座的有谁能背一段出来，我就喝'功夫茶'一杯。"程继亮说，大概喝到了兴头，开始出题目。但这题目确实有点难。

吉春看市、县和其他部门领导，发现大家都有点不自在。谁也没有料到程继亮突然来这一招，席间出现了短暂的冷场。此时，只见刘云站了起来，一手端起酒杯，一手拍拍后脑壳，不好意思地说："我还记得几句，来试一试吧。"

"八月秋高风怒号，卷我屋上三重茅，茅飞渡江洒江郊，高者挂胃长林梢……长林梢……"背了几句，刘云不流利起来，只好说："时间久了，忘了忘了，我罚一杯。"

"能背出几句就不错了，也算一段，我喝一杯。"程继亮说，随即端起酒杯一饮而尽。

"南村群童欺我老无力，忍能对面为盗贼，公然抱茅入竹去，唇焦口燥呼不得……"此时，吉春已经离席站了起来。由于酒精的刺激，他的声音非常大，他一口气背了下去："安得广厦千万间，大庇天下寒士俱欢颜，风雨不动安如山！呜呼！何时眼前突兀见此屋，吾庐独破受冻死亦足。"

吉春已经深陷其意境之中，泪水夺眶而出，他脖子一抬，将一杯"功夫茶"倒入口中。

"好好，我连干三杯。"程继亮带头鼓掌，田高等一班人全部鼓起掌来。酒席，因吉春对诗文的背诵，达到最高潮。看得出来，程继亮也非常高兴。吉春见市、县领导如释重负地喝酒，心想：这偶尔的一次风头，或许对自己的命运会有所改变。

酒席接近尾声的时候，吉春见刘云不断地向自己使眼色。想到自己送红包的任务没有完成，他便走到程继亮跟前，说："部长，今天您到山里辛苦了，我请您还有市委领导一起去泡泡脚吧。"

也许是吉春背诗的原因，程继亮居然答应了。酒席散后，田高因第二天要召开市委常委会，提前走了。县领导陪程继亮到了深河县城条件最好的"大世界足浴城"。吉春把县领导安顿好，给程继亮找了个单间。安排妥当，自己便在一楼休息间坐下来。吉春对泡脚、KTV不怎么感兴趣，一般是应酬才会去。这家泡脚城来过几回，在深河算比较大的了。

谁知，不一会儿程继亮就气冲冲地下来了，发火道："不泡了，不泡了，什么乱七八糟的，在身上乱摸，也算按摩！"

吉春赶紧用本地话与领班交涉。原来现在各泡脚城为了抢生意，不知从哪里学来了所谓的根部按摩。这样做迎合了部分客人的心理，但对于正直的程继亮来说，则是弄巧成拙。吉春连忙道歉，程继亮摆摆手说道："这不怪你。这样吧，你陪我去你们县城逛逛，刚才从车上看挺漂亮的。"

吉春打了一个电话给周小豹，告诉了他刚才的事。

"吉总，你这姓在当地不多吧。"走出泡脚城，来到街上，程继亮与吉春聊了起来。

"我祖籍是山东菏泽的，爷爷是解放军队伍中的一名营长。1949年随大军南下，在解放深河的战斗中负伤，便留在了这里，成了深河县的第一任公安局长。"吉春说。

"那我们是老乡了，我也是北方人。"程继亮说。

"还请程部长多关照。"吉春说。

"关照谈不上,说几句话还是可以的。今天看你背诗,文学功底不错嘛。"程继亮赞赏地说。

"我是野鸡撞上铳——运气好。平时学学书法,对这首诗比较感兴趣,所以能背上来。要是您问的是其他内容,我就有可能出洋相了。"吉春说。

"不瞒你说,这道题我是有意而为之。在其他县也试过,很少有人答出来,也算你们深河有人才了。明天我要走了,有些话本想烂在肚子里算了。我想我们有缘,就告诉你吧,但你不可以再传出去。"程继亮停止说话,看了看吉春。

见吉春点了点头,程继亮继续说道:"到你们深河,我很明显感到事情很复杂,我心里很明白。今天的马队一看就知道拉的是矿山配件,而且那个矿基本上没有停产,那些石方都是新鲜的。我不点穿是给你们市委书记一点儿面子,但我还会用电话跟他交流。"

"您已经点到了。"吉春说。他想起自己罚站时的情形。

"你们整合的事有那么复杂吗?"程继亮问道。

吉春想,终于有机会向上面来的领导讲心里话了。于是他把自己上任后所经历的一切,特别是对方案的理解一五一十地汇报给了程继亮,心里感到特别舒畅。

"看来我也犯官僚了,要实事求是很难啊。"听了吉春的介绍,程继亮感叹道。

不知不觉在新区转了一圈,程继亮要回宾馆了。吉春陪他回到了房间,坐下后,吉春对程继亮说道:"程部长,深河没什么可送的东西,您还要走几个地方,我们选了一些冰糖橙送给您路上吃,它是我国十大水果品牌之一。另外这是一点儿小意思,也是我们县领导的意思。"说完,吉春掏出了红包。

"你们这是乱弹琴!水果我可以接受,红包你们好意思送?我不管别人怎么做,可我自己还是坚守着阵地。我们都对着那面红旗宣过誓,你知道当我听见许多人把部分党员的问题算到党的头上,张口闭口都是'你们共产党'怎样怎样时,我的心在流血啊。我不敢说自己有多伟大,但我良心与责任还是有的。"程继亮对着吉春吼了起来。

面对此情此景,吉春眼眶湿润起来。他默不作声地把几个红包放回了包里,然后跟程继亮道别,逃也似的走了。

第二天一早,吉春去陪吃早餐,顺便把送红包的事向周小豹和刘云作了汇报。大家感叹一番,都说也只能这样了。

吃完早餐,程继亮点名要吉春到房里帮忙提包。在房间里,他手拿一个信封严肃地对吉春说:"昨晚我想了很久,凭我的从政经验,你会有一场劫难。这是我给你的一个锦囊,在最困难的时候打开它,希望我没有看错你。"

第五章　正面交锋

一

　　星期六的清晨,吉春被鞭炮声吵醒。

　　深河人对鞭炮情有独钟,每个农历月的初一、十五铁定要放,红白喜事、逢年过节也要放,还有所谓的观音菩萨的三个生日更要放。现在的鞭炮不是以前那种小挂炮,而是冲天礼花炮。浏阳人把花炮做得一个比一个大,一个比一个响,基本上是一处放炮,全城皆闻。深河人钱多,时不时又有人住新房了。住新房有讲究,天亮之前就要入伙,所以鞭炮在天空中特别响。

　　天亮后,院子下面就更热闹了。"接送液化气喽,接送液化气喽","水豆腐喽、水豆腐喽"……各种吆喝声此起彼伏。

　　吉春不喜欢这样,在他看来,动不动就燃放烟花爆竹,已经是非常落后的观念了,但又无可奈何。芸芸众生,每个人都有自己的道路,每个家庭都有自己的经历,谁也不可能强制成一个模式。有一次吉春跟别人谈起这个话题,对方说:"已有人准备建议县人大通过一项决议,禁止清晨在小区内叫卖。"吉春觉得有点小题大做了,说道:"从整个社会和人类来说,这些人应该是良民了,起码他在自谋职业、自食其力，没有给社会造成危害。如果我们连这个都容忍不了，我看我们也就完了。"

"吉老板，怎么还不起床？"正胡思乱想，蒋红值夜班回来了。"快点，快点，今天几个女同学到家里来玩，你去买点菜吧。"蒋红边进卧室，边对吉春说道。

"你值了夜班，还有精神扯字牌啊。"吉春答非所问，赖在床上不肯起来。

"没什么重要病人，在医院值班室睡饱了。我洗个澡，你快起床。"蒋红说完就拿起换洗衣服洗澡去了。

吉春知道，自己去买菜几乎不可能，行情不懂不说，买什么菜也不知道。蒋红洗完澡，见吉春还在床上，有点生气地说："怎么还不起来？等会儿我同学来了，丢我的丑啊？"吉春索性装起糊涂，说："同学来了，我帮你们在外面炒几个菜就行了，我昨晚没睡好。""你以为炒菜不要钱啊，不当家不知柴米贵，当个小老总就装大款啊。你看你，才四十出头，头发就开始白了。"蒋红边说边在床边坐下来。一股淡淡的香味飘进吉春的鼻子。

吉春拉住老婆的手，想到自己天天忙忙碌碌，基本上把家当成旅馆，忽视了老婆的存在，不免有些内疚。见老婆关心自己，他感动不已，体内一股热流涌动，不由分说把老婆拉进被窝，温情起来。完事后，老婆再没有叫他起床，吉春带着满足的疲惫沉沉睡去。他还做了一个梦，梦见自己在户外行走中拾到一串钥匙，打开一间房屋，里面却空荡荡的……

十一点来钟，吉春被老婆跟女同学打字牌交谈时的声音吵醒，赶忙起床。那几个女同学见了，笑道："我们吉总，真是小别胜新婚啊,累得都起不来了。"

吉春没有跟他们答话,而是先进了卫生间洗漱完毕,穿戴好衣服才走进客厅。

"你们搞赌博,统统抓起来。"吉春开玩笑说。他跟蒋红这几个女同学都熟,说话也随便。她们一共来了五人,三人打,两人观战。

"我们这叫玩,打两块的,哪像你们啊,打二十的,还有大三六炮的。"女同学们嚷道。她们说的是实话,大三六炮的就是三十元起点,点炮按整数计算,输赢在几千甚至上万元。

"我们老吉这点还好,在家从不打牌,不喝酒。"蒋红帮吉春说话。

"我们可听说吉老板字牌水平是一流的。"一好友说。

"我字牌确实会打,但只是为了应酬。"吉春答道。

吉春应付了几句,对她们几个说道:"你们先打,我去炒菜。"

过了 12 点钟,吉春炒了几个菜打包回来了。女儿也放学了。见客厅里有客人,叫了一声"阿姨好",就进了自己的书房。

"现在的学校,说是不准补课,还不是做不到。"一女同学说。

"哎呀,前段时间甲流,不是放了一星期假吗?我倒是巴不得,在学校有人管。"这几个牌友,边打边议论了一番。

摆好碗筷,吉春叫她们吃饭。那位输了钱的说:"再打三手。"结果打了三手还是输。吉春便说道:"赢钱怕吃饭,输钱怕天亮。你们快走上邪路了,吃完饭再玩吧。"

吉春拿出两瓶红酒,问她们喝不喝。输了钱的叫夏海芳,把酒拿在手里,对吉春道:"吉总经理的好酒,不喝白不喝,拿杯来,喝了酒下午好赢钱。"

　　赢了钱的叫宁霞,见状揶揄夏海芳道:"输了几十块钱,想喝回来呀。"夏海芳也是厉害角色,回敬道:"你不喝算了,喝红酒美容,让你变成丑八怪。"

　　吉春知道她们同学之间比较随便,没有多说什么。从柜子里取出几只玻璃杯,每人面前放了一只。倒满酒后,与老婆一道对大家说:"欢迎各位资深美女来我家做客,第一杯酒我先干了。"说完一饮而尽。

　　"吉老板是在讽刺我们老了呢,我们现在都是豆腐渣了。"宁霞自嘲道。

　　"讽刺你们不等于讽刺我老婆吗,我哪敢啊? 现在不比以前了,三四十岁的女人正是第二春。"吉春一脸诚恳地说道。

　　"你吉老板才是真正的第二春呢。有权有势不说,你们公司还有一大批美女滋润你,幸福吧? 我们老同学,可要看紧了。"夏海芳反击道。其他的人也跟着起哄。

　　"你们看到的只是表面风光,当这个老总操心的份儿就有,额外的又不敢要。我们家老吉,人老实又没后台,每走一步都小心得很。"蒋红极力维护吉春。

　　"这倒是实话,吉春的八卦在外面倒很少听见。不过,上次我有个黄泥湾村的亲戚在我家无意中说,好像黄泥湾村有人在放风,说你不同意与黄军海他们合股,要想办法对付你。这些我们不懂,但当官也难,无意之中就要得罪人。"夏海芳喝了几杯酒,满脸通红地说:"我老公在城管大队,四十多岁了当个副大队长,还不是天天与小摊小贩打交道,天天得罪人,社会上的评价还不好。"

　　吉春听夏海芳说得很在理,端起酒杯敬了她一下,然后对大家说："幸福的家庭总是相似的,不幸的家庭各有各的不幸,这句话用在政治上也很适合。"宁霞可不管那么多,端起杯子说："别扯远了,来,喝酒,下午胆子就会大了。"说着说着,几个人居然把两瓶红酒喝光了。

吃了中饭,几位女同胞继续扯起了字牌。吉春把桌子收拾好,给她们每个人倒了杯茶,回卧室休息了。

到了两点半,手机响了起来,是张利飞打来的。他先是问吉春是否在县城,晚上是否有空,然后告诉他说："在广州工作的一个同学回来了,约了十来个人,想一起吃个饭。顺便把那天丽虹桥打人事件的处理情况跟你说一说。"放下电话,吉春靠在床头,脑子里交替出现女服务员那张可爱的脸和被剥光衣服时痛苦的表情。

欢迎老同学的聚会定在城西开发区一家新开的"缘份天空大酒店"。吉春推开包厢门,包厢里烟雾缭绕,老同学分成几桌在玩字牌或麻将。吉春故作正色道："你们这些仔,市里正在搞作风建设的明察暗访,小心被抓了。"

"怕什么,有公安局长在此。"有人答道。

吉春与广州回来的老同学握手。一介绍才知道,这位当年被县建设局辞退的老同学,已经是广州一家房地产公司的老总,资产过亿,目前又承包了亚运会工程的一座体育馆。吉春在心里感叹:真是沧海桑田,物是人非啊。

吉春与其他同学互致了问候,拉着张利飞出了包厢。在走廊上,张利飞告诉他说："打人者是我们张村的,其中有一位还是我叔叔的媳妇。事情其实不复杂,我那堂兄弟在县城里搞摩托车出租,今年早些时候,从一家发廊门口拉着一男一女去县城东边的杨梅山玩。估计那男的有点钱,还带了台照相机,拍了不少照片。我那堂兄弟也蠢里蠢气地与那女的合照了一张,然后将相片丢在摩托车的后箱里没当回事。前几天被她老婆发现了,于是就不得了啦。你知道我们张村人仗着村子大,在县城里不怕事。他们就满大街找,那天刚好碰上,就打了,但打又打错了人。这女孩子的孪生妹妹在发廊做事,被打的是姐姐,就是万里香驴肉馆的服务员。"

"那怎么处理的?"吉春问道。

张利飞从上衣口袋里掏出一个信封,对吉春说:"因为是你出面,我才冒着得罪亲戚的风险狠狠骂了我堂弟一顿。然后要他们家出了两千块钱,并保证不再去找人家的麻烦。现在那俩女孩都不在县城了,我也不便出面。看你是否有机会见着她们,把钱给她们算了。"

吉春明白,这就是所谓的私了。他知道张利飞确实尽力了,接过钱,用力拍了拍张利飞的手臂,算是感谢的意思。

晚上回到家里将近十点钟,蒋红仍旧值晚班未回。上楼时吉春发现路灯不亮,想这产品质量也太差了。女儿晚自习回来,拿出一封信给他。吉春一看,是学校给家长的关于甲流疫苗的一封信,大意是注射甲流疫苗有可能产生副作用,请家长签字。吉春想:这学校越来越聪明了,这样做可以推脱所有责任。问女儿道:"你妈妈是怎么说的?""妈妈说不要打,怕出问题。"女儿回答道。

女儿只有15岁,刚上高一,当然不能由她做决定,于是吉春在家长签字一栏中写下了"建议由家长陪同前往医院注射"的字样。女儿又告诉吉春说:"好像我们这栋楼的路灯不亮了。""我知道了,明天我打'电力110'反映一下。今天就算了。"吉春说。

二

市环保局局长吴子才一行到了深河县。他们先是由唐庆和与县环保局的人一起陪同在县里听了工作汇报,然后再到深河矿业看点。

吉春把一行人领进了小会议室,黄顺成、胡工还有相关人员早已在会议室等候。吉春抽空问唐庆和道:"唐县长,怎么刘县长没来?""他与周书记去看全市项目建设现场总结会的现场,需要安排具体线路和全部工作,吃过中饭会赶过来。顺便说一句,市里的总结会,这个尾矿库也可能来看。"唐庆和回答道。

会议由唐庆和主持,黄顺成把项目建设及验收准备情况作了汇报。其实市局对这个项目非常了解,完全是省里为了平息老百姓和相邻县举报而采取的措施。深河矿业这个国有企业则承担了一部分社会责任,投资 2000 多万,深河矿业占了一半;省市给了500 万;主要排污排渣源是天盘湾地区的个体矿,通过环保执法大队和矿山执法队大半年的努力,才收上来 300 余万,估计还有 500万左右的缺口。

"资金使用上是不是超预算了,黄总?"吴子才直接问黄顺成。上次到市局,吉春知道吴子才对黄顺成的印象不太好。

黄顺成对工程的大概还是了解的,他回答道:"整个工程有可能超预算,具体超多少,要等正式验收,审计认定后才好说。"

"那估计什么地方会超过预算呢?"吴子才问道,像是在探讨工程,又好像是在故意为难黄顺成。

"这个,这个……"黄顺成有点紧张,半天说不出话。他没有料到吴子才会问得这么细。吉春心里暗想,让他出一下洋相也好,免得成天不想事,经常在县城茶楼里玩牌。

"估计超过预算的主要原因有三个方面:一是工程出了问题以后工期延长了一年,管理费用增加了。二是人工工资比做预算时翻了近一番。三是当地村民抬高了石料价格。"监理胡工接上了话题,一听就是非常内行的人。吉春听了胡工的话,明显感觉到胡工与黄顺成矛盾较大,估计有什么业务上的事也不会教他。黄顺成算是运气好,遇上了一个如此负责的监理。

在办公室聊了一会儿,大家驱车前往尾矿库所在地大山冲村。

尾矿库位于深河矿业总部后下方,这也是深河县版图的最北面。从天盘湾下来的天盘河加上其他溪流,在这里汇成玉泉河,然后流出深河,流向邻县。天盘湾地区的矿开采初期,只有废石冲下。河床抬高了,但水还是没有污染,大家都不在意。反正靠山吃山,靠水吃水,就是大山冲村和邻近县的人也有去山上开矿的。自从山上建了选厂,情况就变了。污水直排河道,河水成了毒水,矛盾就出来了。农民奈何不了个体矿主,就找政府和深河矿业这样的国有矿。上访逐年增多,逐步升级,选准全国、省市有重大活动、重要会议期间去,有的还把污染情况制成了光盘。深河县委、县政府压力很大,也就承担了既要建尾矿库,又要整治矿业的重任。

"唐老弟,这个工程不错吧。"吴子才来到大坝上,看到工程全部完工,非常兴奋地说。

"老兄局长,全靠你支持、督促才有这个样啊,到时候我们要向市里汇报你的伟大成就。"唐庆和说。他是个聪明人,知道吴子才要的就是这句话。

"深河县对环保工作领导重视、投入到位,肯定比去年有大进步,到时候请我喝酒。"吴子才说。一席话说得大家都笑了。吉春想,今年排名进入前三应该没问题了。

吉春知道,从长远来说,建这个尾矿库对深河矿业是有利的。一方面解决了下游污染严重的问题,免得大家总盯着自己。另一方面,尾矿里其实还有部分未能选出的矿物质,说不定以后科技进步了,这会成为一种新财富。这个尾矿库可以使用 20 年以上,今后的事谁也说不清楚。

正想着,唐庆和叫住吉春说:"吉总啊,快 12 点了,我们往回走吧。"

吉春对一行人说道:"中饭就安排在大山冲村。听说这么多领导来,何永古他们很高兴,特地泡了油茶,还杀了一只羊。"唐庆和掏出手机,向刘云汇报了这里的情况,然后对吴子才说:"我们上车吧,刘县长马上到大山冲村。"

一行人浩浩荡荡进了大山冲村,此时刘云也刚好赶到。刘云握住吴子才的手说:"子才老兄,你深入基层,我们都要向你学习啊。"

"刘县长,去年扣了你的分,心里还在骂我是吧,但今年一定给你补回来。"吴子才说。吴子才比刘云年纪大,而且早年也当过县长,他当着刘云的面摊了牌。

刘云急忙朝吴子才和市环保局的一行人打了拱手,对吴子才连声说道:"谢谢了,谢谢了,今天一定跟你好好喝几杯'功夫茶'。唐副县长,你今天喝醉了算工作,下午可以休息。"

唐庆和其实也很高兴,如果没有什么意外的话,自己分管的主要工作在全市排名铁定进入前三名。在其他副县长还在为排名的事伤脑筋的时候,自己在县委、政府主要领导眼中的分量就不一样了,起码会有"工作主动,有办法"的印象。他笑着对一行人说:"先进屋吧,喝碗油茶暖暖身子。"

酒席就摆在何三强的厅屋里。这几年,大山冲村人靠挖矿、工程建设挣了不少钱,在马路旁建了不少房子。进得屋来,支书、主任来问了好,就忙着张罗去了。吉春则给客人配起了油茶。

油茶是深河县的一大特色小吃,它不是人们常喝的用开水泡茶叶那种茶水。它由吃的和喝的两部分组成。吃的用当地茶油炸成,有花生、冻米等。炸花生不新奇,最好吃的是冻米。冻米的做法不难,但有讲究。每年糯谷收割后,在冬至这几天,选一些上等糯米,用柴火蒸熟,然后在室外用温暖的阳光晒,边晒边用手分成很小一团团颗粒,晒干后用瓦缸储藏起来备用。炸冻米时,先将茶油烧至八九成热,根据油的多少放入冻米后,冻米迅速膨胀。在冻米颜色由白色转黄色时,马上捞出,太早则有点硬,太晚则炸焦。

茶水的泡制也非常讲究。每年清明节后,当地村民便走向大山深处,去采集一种叫大茶的茶叶,回来经过洗、擂、炒、烘的程序,便得到了上等的干茶叶。泡茶水时,先要将火烧旺,在铁锅里放少量油、适量盐和一块拍裂的老姜,炒出香味。然后倒一小碗烧开了的山泉水,不停擂动,茶水颜色出来,再加入开水煮沸,用保温瓶装起来。想喝油茶了,便盛上一碗花生、冻米,再用茶水冲泡。吉春在深河出生,自然很是熟练。

"这东西好吃,我要叫我老婆来学。"吴子才对刘云说。

"这是我们这里招待贵客用的,既充饥,又祛寒。等会儿叫村里送你们一些,关键是要会泡茶水。我老婆孩子来吃过几次,我都会泡了。但你今天不能多喝,等会儿还要喝酒吃羊肉呢。"刘云对着自己这碗油茶吹了一口,对吴子才说道。

吃罢油茶,大家又聊了起来。

唐庆和陪着吴子才。刘云则把吉春和黄顺成叫了出去说:"你们两个都在这儿,我说的还是老问题,时间不等人,班子要统一思想。实在不行,县政府会请示上级后做出决定,你们是国有企业,政府是出资人,有权这样做。过段时间,市里会有一个治理经济发展环境检查组到我们县,你们的事是回避不了的。"刘云显得有些急躁。

"我个人是积极支持'十二矿'入股的,这样可以尽快向上面交差,公司损失也不大,但……"黄顺成自己一边说话,一边看了看吉春。

虽然吉春对黄顺成的态度早就知道,而且可以猜测出他会到有关领导那儿去汇报什么内容,但吉春还是很恼火,黄顺成先说话表态,无异于把自己推向火坑。但他也知道,刘云是个务实的人,又关心自己前途,所以刘云也没有下决心。吉春猜着刘云的心思,便毅然说道:"请刘县长放心,我们一定会统一思想,做好工作。"

"好,今天有客人,我就不多说了。"刘云赞许地点了点头。

看见黄顺成得意的样子,吉春心里有气,但又不便发作。刚走进屋里,手机振动了一下,他一看是赵亚君发来短信:"吉总,税务检查明天开始,下午稽查大队来人衔接,请您接触一下。"吉春想了想,回道:"好,我吃了中饭就回公司。"

　　与吴子才的饭，一直吃了两个多小时。刘云高兴，不时与吴子才喝大杯，他们喝的是本地泉水酿造的纯米酒，度数不高，吴子才是来者不拒。刘云把一根羊鞭夹给吴子才，劝他吃掉。吴子才开玩笑地说："刘老弟啊，现在吃这个也不行喽。过去自己那个东西强硬的时候，政策比那个东西还强硬。现在政策疲软了，自己那个东西比政策还疲软。"一席话，说得大家都笑了起来。

　　吴子才有些醉意，搂住刘云不放。刘云也搂着他向外走去，临出门时吩咐吉春把打包的油茶和茶叶提上。

　　送走吴子才一行，吉春又找到正要上车的刘云说："刘县长，今年给各乡镇村支持新农村建设的钱有200多万，如果全部做税后列支，我们可就……"

　　"这个我知道，县政府研究一下。但县里的财政你也知道，工资都成问题，不要抱什么希望。"刘云上了车，把车窗放下来，对吉春说道。

三

　　当天下午送走吴子才后，吉春回到了公司。与县地税局稽查大队一行六人吃了晚饭，一起交流了税务检查的事。晚饭后，赵亚君安排他们先唱歌，然后在公司的小招待所住下。吉春借口酒喝多了，唱了两首歌，回到了办公室。

　　早晨七点半，吉春去陪税务检查组的人吃早餐。赵亚君早就在那张罗了，见吉春来了，走过来说："吉总，估计还需要等十分钟，昨天他们玩得比较开心。"

　　"陪好他们总是有好处的,虽然我们不会有大问题,但可在合理避税方面做些文章。"吉春边说边在招待所大厅的沙发上坐下。他看了看赵亚君,觉得自己坐下,赵亚君站着说话似乎有些不妥,又重新站了起来。

　　"赵亚君,你把我们今年支持地方经济建设的资金和物资搞一个准确数,我估计有 200 万以上。如果不能列入成本,作为税后列支,企业吃哑巴亏。报告我写好了,上午把数字交给李会,让他把报告打印好后给我。"吉春边跟赵亚君说话,边仔细看了看她。赵亚君身材不是很高,有着南方女子的娇小,五官匀称,不算很美,但很耐看。吉春想,人是不是接触多了才会有这种感觉。

　　赵亚君似乎也觉察到了吉春在专注地看她,脸色微微一红,回答道:"支持了地方,还要交企业所得税,确实划不来,是不是我先跟税务部门衔接一下?"

　　"几条路一起走吧,我也向县政府汇报,争取拿一个批示。另外,过两天与工行的去省里,估计要两天时间,有人问就说去学习培训,你要准备好。"吉春说。

　　赵亚君点了点头。

　　把税务检查的人安排好,吉春回到办公室。吉春先叫来了李会,把昨晚写的报告交给他;然后让他通知谢玉娥到自己办公室来。

　　不一会儿,谢玉娥进了办公室。她知道吉春找她有重要事,顺手把办公室的门关上了。

　　"谢大姐,最近情况怎么样了?"吉春问道。他起身,倒了一杯茶给谢玉娥。

谢玉娥接过茶，没有立即喝，而是放在茶几上。待吉春坐下后，她才一五一十地说了起来："职工的情绪还算稳定，邓龙那天也找了我，说你找他谈了话后他才知道事情的严重性，两个工区主任正在做工作。冶炼分厂那边职工的态度就是只要有工资、有福利，什么都好说，关键还是对今后的前途认识不清。石勇志家里我去了两回，我以我的人格担保说决不合股，但没有说是你的意思。他们一家人好像不太放心。职工大部分不同意合股，特别是年纪大一点儿的。我也有些担心，一是担心没有那么多钱来买'十二矿'；二是担心'十二矿'肯定不会善罢甘休；三是担心你能不能挺得住。"

听着谢玉娥的讲述，吉春非常感动。这位当年的"铁姑娘"，50岁了，头发已经花白，眼角也布满了皱纹，可为了大家的事还在操心、奔波。吉春想，对这样的同志，没有什么可隐瞒的了。

"大姐，谢谢你做了这么多工作。这些天，我反复在想与'十二矿'的是是非非和恩恩怨怨。假如我答应合股，县里、市里马上就会让我高升，可我不能让职工骂我的祖宗三代啊。根据我的推测，我们每次开会研究与'十二矿'有关的事，黄顺成都会原原本本地透露给黄氏兄弟。他到底有什么目的？最直接的猜测就是他收了好处或有股份。等会儿我要去找他谈一次，把利害关系说清楚。目前我们还要做几件事，一是请你找一下唐刚，他分管冶炼厂那一块，要他注意把握。另外要邓龙以朋友的身份多与冶炼厂、选厂的职工交往，透露一些真相，以稳定和争取人心。这么大的事，省、市有人插手，是意料之中的事，但我会挺住的。"吉春详细说道。

"那假如收购，有那么多钱吗？"谢玉娥又问道。

　　"大姐,我知道你最担心的是这个。从今年 6 月份开始,我就在运作这件事,估计要两亿资金一次性了结。所以我通过工行这条线,正在办理用冶炼分厂抵押贷款。那块的固定资产净值有 1.3亿,抵押贷 5000 万工行已经同意了,但还要报省里。我过两天会去跟踪一下,确认以后,公司就要开一个董事会,我们的借贷名义还是冶炼分厂的技术改造。公司另外可凑齐 5000 万,估计还有一个亿的缺口。我想利用职工这一块,我们上千职工,讲清道理后,从每人那里借八到十万块应该不成问题。所以,这一点儿我有一定的把握。"吉春自信地说。

　　"哦,我明白了,职工这一块我可以先做工作,主要是调动大家的积极性。听了你这些话,我就放心了。"谢玉娥如释重负地说。

　　此时,吉春的手机响了,一看是蒋红打来的,蒋红说:"吉老板,事情多不多? 我爸爸被摩托车撞了,现在在医院里。"

　　"危不危险?"吉春问。

　　"正在抢救,头撞破了,生命危险是没有,可这么老的人了,哪经得起啊。"蒋红在电话那头哭了。

　　吉春连忙安慰道:"别着急,我等会儿就来。"

　　放下电话,吉春又把自己这段时间与李同文、黄氏兄弟接触的事告诉了谢玉娥。谢玉娥知道他家里出了事,忙催他道:"你先走吧,其他的事以后再说。"说完她拉开办公室的门走了。

　　知道岳父没有生命危险,吉春稍稍松了口气。不一会儿,李会把请求将支持地方经济建设资金列入成本的报告送上来了。吉春一看,确实有 230 多万,随即他要李会通知黄顺成和吴国成到他办公室来。

　　本来吉春下午是要到县委组织部去的。班子里另配党委书记的事一直没有确切信息,他已经与曹永恒约好了。但考虑到黄顺成目前的思想状况,他还是想先找他谈一次话。

　　过了约十分钟,吴国成与黄顺成先后进了吉春的办公室。

　　吉春知道,与黄顺成说客套话没有任何意义,三个人在会客沙发上坐了下来。吉春严肃地说:"我们三个都是公司党委成员,也可以说是公司的最高决策者。我们的思路决定公司的出路,也关系到上千职工及家属的命运。国有企业改革改制是大势所趋,但没有轮到我们,我们就要站好最后一班岗,任何改革总不能越改越死吧。与'十二矿'谈判的事已经迫在眉睫,我想我们每个人都应该有明确的态度,无论你同意哪种方案,但不能有私心。说大道理就是我们要对得起曾经宣誓的那面党旗,说小道理,我们要对得起自己的工资和良心。"

　　"我同意合股的方案,是考虑企业资金困难,我与'十二矿'没有任何关系。"黄顺成没有好气地说。他对吉春不尊重,觉得后面有人支持,有恃无恐。

　　"我们对'十二矿'了解多少? 为什么评估不按规矩? 市里某些人为什么插手? 这些事情你们想过吗?"吉春也不含糊地反驳道。

　　"市里是以治理经济发展环境出的面,'十二矿'是私人企业,另外请评估公司也不违法。"黄顺成说。

　　见黄顺成铁板一块,吉春索性把所有话都挑明了:"今天公司纪委书记也在这里,有些话要当面说清楚。一是向领导汇报要实事求是。二是公司没有形成统一的意见不要到处说。三是国家机关工作人员包括国有企业领导入股办矿是明令禁止的。希望你好自为之。"

黄顺成呼地站起来，也生硬地回道："吉春，老子在公司干了几十年，什么风雨没见过。你说我入股办矿，你拿出证据来，老子不怕你。"说完，他拂袖而去。

吴国成还没说一句话，有点手足无措。

吉春此时此刻倒是冷静下来了，他知道自己点到了黄顺成的穴位。黄顺成在"十二矿"有股份，公司在传，社会上也在传。要拿证据说难也难，说易也易。但市纪委的大领导为什么如此支持"十二矿"，吉春百思不得其解。他对吴国成说："吴书记，请你把我们今天谈话的内容记下来。另外，你要想办法打听一下'十二矿'的评估情况以及黄氏兄弟目前的经营状况。要悄悄进行。"吉春知道，吴国成胆子较小，但办事还算稳重。

吴国成走后，吉春打了一个电话给谢玉娥，告诉她与黄顺成谈话的结果，同时要她密切注意有关动向。然后他又到财务部见了正在查账的税务稽查大队长，告诉他家里出了点事，不能陪他吃中饭了，并请他多多关照企业。

大约十二点半，吉春来到了县人民医院外科。岳父躺在病床上，儿女们、女婿们、媳妇们都在。老婆眼睛红肿，显然是哭过。吉春拍了拍她的肩膀，算是安慰。大姐在不停地骂道："这些打靶鬼。"

七十多岁的岳父，每天都要去老年活动中心打牌、搓麻将。吉春认为老人身体好是好事，是儿女们的福气，总是鼓励他去，有时还偷偷给点小钱。今天老人刚出门不久，就被一辆摩托车撞倒。

摩托车一下子没有了踪影,幸亏有人打了"120"才被及时送到了医院。

吉春长出了一口气,对一家人说:"没什么大问题就不要着急了,交警会调查处理,但也不要抱什么希望。我再跟他们联系一下。反正蒋红也在医院,大家轮流来照顾一下就行了。"说完后,吉春也有点烦,心里说:真他妈的越多事就事越多。

从医院出来,吉春与司机小王去吃了一个猪头肉盒饭,把车开到县四家大院 1 号楼侧,在车上休息起来,等着曹永恒上班。

曹永恒是一个不苟言笑的人,吉春想跟他开玩笑都不敢。在办公桌对面坐下后,曹永恒开口道:"吉总,说吧。"

"主要是想向您汇报一下班子配备的事。"吉春说。

"你现在兼着也干得不错嘛,市里都发你的通报了。"曹永恒说。

"可党务工作那摊子事也蛮多蛮细的。"吉春说。

"你认为黄顺成怎么样,他给我送来了两万元钱,到时候你帮我退给他。"曹永恒说。

"假如组织上认为他合适,我没意见。但钱由我来退不合适。"吉春拒绝说。

"为什么?"曹永恒问道。吉春把这段时间以来自己所经历的一些事以及上午谈话的经过原原本本地作了汇报。

曹永恒叹了一口气,说:"听说市委的某领导给周书记打了招呼,希望能用一下黄。但听你这样一说我也觉得有问题,能力先不说,以后你们配合上会有矛盾。"

"配合我倒有把握,主要是他这个人私心太重,要不从乡镇领导里考虑一个?"吉春试着问。

"想你那个书记位置的,最少有八个人,我们正在考虑,但最终要周老大点头。"曹永恒也不拐弯地说,"你觉得我这个部长好当吗? 人家送钱来,我还得偷偷摸摸退,你看这个。"他一边说一边把一个本子打开递给吉春。吉春见本子上记着的是一大批名字,名字后面是数字,数字后面是"√"或"×"。吉春不敢多看,估计那是曹永恒对红包礼金处理情况的记录。

吉春感慨万千,有传闻说曹永恒贪,说收了钱不办事。其实不是最知心的人,你不会知道他的心。像曹永恒,把钱交到纪委了,还不能说出去。

"曹部长,我不会给组织上和您添麻烦,晚上有空的话,请您和部里的同志吃个饭吧。"吉春真诚地说道。

曹永恒露出难得的笑容说:"你吉老板请客我可以去。要不这样,把我部里的二十多个人都请上,一年到头,他们也辛苦了。"

"可以,可以,这样的话,我就把班子成员都叫来。"吉春开心地说。

"行,就这样。"曹永恒说。

吃完饭,已是晚上九点多钟。吉春回家上楼的时候,发现路灯已经修好,而且明显感觉比以前亮多了。他心想:陶学民这小子换新花样了。

第六章　斗智斗勇

一

说好了要去省工行落实贷款一事,吉春带着赵亚君先到了县工行。

国有商业银行改革已全部完成,工商银行也上市了。县里的银行在行政上属条管单位,业务上的权限也基本上收了。现在的廖行长是从市工行下派的,今年2月份上任,接替在深河县工行当了五年行长的顾小林,顾小林则调往市工行任主管信贷业务的副行长。银行在经济社会中,永远扮演嫌贫爱富、锦上添花的角色,这一点儿吉春深有体会。像深河矿业这样的企业,是各银行争抢的大客户。深河矿业与工行打交道几十年了,加上与顾小林的个人关系特好,其他银行的业务吉春根本没办法去照顾。也正因为有顾小林这层关系,现任行长廖祖光对吉春也非常客气。

"吉老板,又带着美女来了,欢迎,欢迎。"刚踏进廖祖光的办公室,他便从沙发上站起,迎上来说。

"你这里不是也有美女吗? 穿着制服很漂亮嘛。"吉春边与廖祖光握手,边对信贷部的主任彭佳开起了玩笑。

彭佳与吉春握了手，很职业地笑了笑，对吉春说："吉总，我们行长听说您要来，早就把我叫来了。我们可是竭诚为你们服务哦。"

"吉总，市工行那边想必你也联系好了，顾行长陪你一起去，我这边就派彭佳去，主要是跑跑腿。前期工作也差不多了，估计问题不大。快年底了，我这摊子事也多，去了更不方便，请老兄理解。"廖祖光插话道。

"现在我已经非常感谢了。只是办这种业务我们是第一次，要准备什么资料，还得请你们多提示。"吉春诚恳地说。他知道，资料必须带齐，否则再来回跑，恐生变数。

"前几天，你们赵会计跟我联系了，我把要准备的资料与市里衔接后列了一份清单传真给她了。"彭佳说道。

一直没机会说话的赵亚君见点到自己了，便说道："按清单我全部准备好了，等会儿请彭部长再劳神核一下。另外，吉总的法人资格证别忘了带。上次我问您，您说放在家里了。"

"哦，我差点忘了，等会儿回家一趟。"吉春说。他觉得非常满意。赵亚君基本上属于一点儿就通的这类女人。"已经约好了晚上请顾行长吃饭，我们就不多说了，回来再一起喝几杯。"吉春说，随即与廖祖光握手道别。

"祝你们马到成功，彭佳就坐你们的车去了。"廖祖光边说边把吉春送到了门口。

深河县通往福林市的一级公路正在加紧施工，路面坑坑洼洼，走起来非常慢。彭佳埋怨道："好好的修什么路啊？"

"这个你就外行了，这条路是我们县交通大会战的重点工程，春节前要完成路基平整工程,明年全部铺上水泥。过去路窄经常堵车,群众有怨气,连投资商都吓跑了。现在麻烦只是一阵子,明年就会好了。"吉春告诉彭佳。

"还是吉总当领导的有水平,像我们这些搞业务的,又是条管单位,县里好多事都不很清楚。今后要改正,对发展业务也有好处。"彭佳自我解嘲。

吉春没有再说话,他要好好思考一下明天去省城如何与省工行的领导见面。

下午四点钟,吉春一行到了市工行。与顾小林见了面后,顾小林让人把赵亚君和彭佳带到信贷科整理和审核资料。

顾小林倒了一杯白开水给吉春,自己则点了一根烟。他知道吉春不抽烟,也没有讲客气。

"吉老兄啊,这事你一个人扛着也不是办法,总有一天会公开的。"顾小林说。他知道吉春贷款的真实意图。

"老弟,不是有上千职工和你们支持吗?何况县里有部分领导也没有明确表态。"吉春说。他比较乐观。

"我是了解你的,凡事想得远,但也要为自己考虑啊。"顾小林担心道。

"想远一点儿正是为自己考虑,这一点儿我有把握。我给你说一件我一位朋友亲身经历的事吧。七年前,他在乡里当书记。有一天天黑了,他下乡回乡政府,一位农民坐在办公楼的阶梯上。问这位农民有什么事,他说乡里的国土员到他家量地基拿了钱没给票。朋友当即把这名国土员找来,补开了发票,并退回了多收的钱。没想到,这一年这个农民所在的自然村完成农业税100%,而且乡里没有派一个乡干部去。"吉春知道顾小林关心自己,但事到如今已没有退路。"小林啊,这事只能往前走了。你说说明天怎么办吧?"随即又问道。

"省工行那边我已联系好了,你这事已经会上通过了,明天与领导和业务人员见面,就是签订手续。但我这条线的上司是个喜欢收藏奇石的人,你从矿区来,总不能空手去吧。知道你不会有这些东西,所以我与市里一家奇石馆的老板联系好了,到他那里花3万元钱买一个,就说是你偶尔得到自己收藏的,送上去保准领导喜欢。吃了晚饭我带你去。"顾小林把话说得非常直白。

"老弟想得真周到,那我们就先找个地方吃晚饭吧,把石头拿好后,我还想去看看我父母亲。"吉春对顾小林说。

在一家农家小店吃了晚饭,吉春让小王先带两位女士去宾馆,自己则坐顾小林的车去了位于福林市开发区的奇石一条街。由顾小林带路,径直走进了一家名叫"天成"的馆子。

天色已黑,这条街来往的人已少,有的馆也关门,"天成"馆内却灯火辉煌。二人进得馆来,老板已经在厅内等候。顾小林引见了吉春,三人便在茶几旁围坐下来。吉春环顾四周,不由赞道:"老板,恐怕世间所有的好石头,都被您弄来了。"

"我这里的石头应该算是中等偏上吧,反正我这辈子也就与石头有不解之缘了。"老板非常低调地说。给两人各泡了一杯上等的普洱后,老板走进了里面的一间小屋,不久即抱出一块用黄色绸布裹着的石头。吉春想,这肯定是顾小林订的那一块了。

"这块石头也是我的心爱之物,因顾行长垂爱,我只好割爱。这块石头叫'佛缘',是上等的红玛瑙。"老板将石头放在茶几上,揭开黄丝绸，有点爱不释手地说。

　　吉春顿觉眼前一亮。只见这石头通体红色，高 50 厘米、宽 30 厘米左右，估计有五六十斤重。最绝的是它的造型：整体是一座佛的立像，在佛的心脏位置，有一半圆形的缺口，缺口是通透的，像一轮新月，而新月下端又是一尊佛的头像，全都是天然形成。吉春看了看顾小林，见顾小林也看直了眼，不由击掌叹道："真是精妙绝伦，大自然太神奇了，太神奇了。"

　　"是啊，要不是好朋友，人家老板肯给吗？而且价钱这么低。"顾小林说。他很得意自己的决定。

　　与顾小林分手后，吉春心情也非常愉快。他先拦了一辆出租车，坐定后，告诉司机走的方向，然后掏出手机拨通了大哥的电话。

　　吉春的父亲，没有像自己的爷爷那样去当官，而是做了教师，现在已退休，与母亲一起住在大哥家。想起自己的大哥，吉春也感慨颇多：大哥与大嫂都在新中国恢复高考后第二年考取福林地区工业学校的中专生，毕业后被分到了福林地区纺织厂。从那时相爱结婚生子，两人过了十来年风调雨顺的日子。没想到国企改革改制说来就来，几千人的厂子说垮就垮，大哥大嫂双双下岗。下岗后，二人成了城市里的无业游民，还不如农民拥有责任田这份资产。辛辛苦苦十几年后，他们才重新站稳脚跟，如今在市里腾飞路开了一家小超市。父母五年前退休后过来帮忙，儿子大学毕业后也在店里搞管理。如今大哥大嫂快五十岁了，也不像过去那样怨天尤人了。有了点资产，买了房子，买了车，业务也不想扩大，一家人过着神仙般的小日子。

　　吉春来到大哥家，已经是晚上九点来钟，父母亲及大哥一家人在看电视。吉春见电视里播放着 CBA 的一场篮球赛,便笑着说:"看来心理学家说得不错,爱好体育的人对人生有一种积极的态度。"

见吉春来了,父亲自然很高兴,但嘴里还是说:"春仔,单位事多,不一定总来看我们,我和你妈妈在你大哥这里挺好的。"

"爸爸,身体还好吧?"虽然时不时能见面,但吉春明显感觉到两位老人逐渐地衰老,心里不免有些伤感。

"爸爸主要是牙齿有问题,过几天去拔掉,已经约好了医生。妈妈没有什么毛病,就是喜欢算六合彩。"大哥接着吉春的话说道。

"我又不买大的,就是打发日子。"妈妈说。她被大哥说得有点不好意思。

吉春看了看大哥,不到五十岁的人,头发已经白了许多。自己在单位当领导,对家里的事管得太少了,不免有些内疚。他对大哥说:"大哥你也别太操心了,妈妈买六合彩我是支持的,每期才五块钱,图个乐趣。但我们自己包括儿女都不能沾边。另外,侄子也该找对象了吧?"

"一起玩的女孩子有几个,但不知道他有什么想法。我们也不想去帮他找工作了,太难求人了,找对象最要紧的是要能互相容忍。"大嫂接过了话,随即又问道,"你们家女儿阳阳成绩怎样?"

"在学校算是第一梯队吧,放寒假后到你们这里来住几天,让她去超市做点事。成绩好固然重要,现代社会,更要学会如何立足。"吉春答道。

"阳阳考个重点大学是没问题,你先坐,我去洗衣服了。"大嫂说完忙自己的事去了。

篮球赛已经结束,大哥挨着吉春坐了下来,说道:"你们公司搞合作的事还没定吧,我听说市里有人插手了,我敢肯定是'朱砂厂'。现在市里乱得很,上一个项目,领导就捞一笔钱。这个'朱砂厂'太厉害了,哪里有矿山,哪里就有他的纸条。你千万要留神,别撞到他枪口上了。"

吉春知道大哥是为自己好。但在家人面前,特别是当着父母亲的面,吉春从不会把自己工作上的压力、委屈说出来。他对大哥说道:"身正不怕影子歪,我一定会好好把握的。"

临别时,父亲嘱咐吉春说:"1974 年下放时,我曾在原岩泉公社,现叫岩泉乡的观音庙村住过,户主叫邱又保,现在有六十多岁了。我也有蛮多年没去了,不知道这家人现在怎么样,有时间去看一看。"

听父亲一提起,吉春马上想起了小时候兄弟姐妹去过的美丽的观音庙村。

二

第二天早上 7 点钟,吉春就起床了。他做的第一件事就是打电话通知司机小王和赵亚君他们。

昨天与顾小林约好了,早上 7 点 30 分到高速路匝道入口处的鱼粉店吃米粉。吉春不想迟到。

7 点 20 分,大家从宾馆出发,穿过广场,行驶在正在改造的环城路上。吉春明显感到市里的变化非常大,道路越改越宽。不到十分钟,大家来到了鱼粉店。顾小林也到了,还带上了信贷科的两名负责人。

福林市的鱼粉,是当地的特色小吃。做法比较讲究,首先要熬鱼汤,鱼汤具备鲜、辣的特点;其次,米粉要选得好,要有弹性、经得煮,再配点榨菜丝、酸萝卜,更是令人垂涎。他们一行七人每人一碗,从下料到吃完也不过20分钟。

从福林市到省城要两个多小时,加上下高速到城内几十分钟,估计要三个小时。吉春让顾小林的车走在前面,自己则跟在其后。刚上车,电话响了起来,一看号码,是自己老婆打来的。蒋红在那头说:"吉春,你在哪呀?我们家昨天晚上有很多人来,都说是来看我父亲的……"一听这事,吉春马上打断了蒋红的话说:"我们正在去省城的路上,等会儿我打电话给你。"

"吉总,好像你们领导总是有做不完的事,接不完的电话,我们行长也是。"坐在车后的彭佳说道。

吉春把收音机的音量调小一些,侧过身对彭佳说:"想要做事难,想要做成事更难,想要做成事又不得罪人几乎是难上加难,领导不好当啊。"

"可是谁不想当领导。"赵亚君也接过话头说。

"这也是正常啊,积极向上是一种人生态度。另外当领导确实也很风光,有权有势有待遇,抓住机会还能捞一把。只是有些事不能强求,做人做事你只能得你该得的那一份,大自然冥冥之中是有定数的。"吉春想起自己看过的《易经》讲座,对两位女士说。

正说着,车速慢了下来。吉春看了一下时间,才走了半个小时。前面的车一辆一辆排单行通过,估计是出了交通事故。警察一边抢险,一边疏导交通。经过事故车辆时,赵亚君吓得叫了起来。吉春往小王这扇窗看过去,原来南下的两台大货车追尾,后面一台是平头车,驾驶室几乎压扁了。怪不得赵亚君尖叫。

"又有几个家庭不知要承受怎样的痛苦。人的命真不值钱啊。"吉春说。他也被那一幕惊到了。

想必彭佳也跟赵亚君一样吓着了,谁都没有说话。

又过了约半个小时,顾小林的车驶进了服务区,小王也跟了进去。

吉春估计是顾小林想让大家"方便"一下。

一下车,吉春边走向洗手间,边拨通了蒋红的电话,问道:"蒋红,到底什么事,你尽快说清楚。"

"昨天晚上,邓龙他们到家里来,说我父亲受伤了,买了水果,还送了770块钱。另外,有两个人也说是你们公司的,送了17000块钱。我担心有问题,所以就打电话给你了。"蒋红尽量长话短说。

吉春气不打一处来,说:"我最迟后天回来,钱你不要动,这邓龙也真是添乱。"

挂了妻子的电话,吉春又冷静下来。岳父受伤的事只有谢玉娥知道,难道是她说出去的?

事不宜迟,他马上拨通了谢玉娥的手机。吉春告诉谢玉娥自己家里发生的事,但没有说有谁送了多少钱的具体细节。谢玉娥回话很干脆,说:"吉春,你岳父受伤的事,我没跟任何人说,包括邓龙。"

吉春倒有点糊涂了,但时间不允许他再打电话向邓龙询问,因为大家都从洗手间出来了。

上了车,吉春没有说话,而是把岳父的事再认真梳理了一下。

岳父受伤了,公司里人去看望他是人之常情,邓龙他们凑个几百块钱收下也没关系,但那两个送 17000 块钱的人肯定不正常。自己身在两百公里之外,一时无法搞清真相。想来想去,吉春想到了雷宏,马上掏出手机编了一条短信发了出去:"昨晚有人送了 17000 块钱,我在外面,过两天回来交。"这才长出了一口气。

到了省城,刚好 11 点钟。顾小林径直来到了五星级的南天大酒店。下得车来,他对吉春说:"兄弟,你们先安排住宿,另外再到二楼的茶座找一个清静点的位置,我们就在这谈事、办手续。"

"在这里?"吉春有些不解地问道。

"这是我们头头的风格,板上钉钉的事,一般不在办公室谈,具体原因以后我再告诉你。我先把那东西送去,再接他们过来,中午就在这吃饭。"顾小林指指自己的车,对吉春说道。

吉春马上叫小王把车泊好,去安排住宿,并预订一个大一点儿的包厢,自己则与一行人上了酒店二楼的茶座。这家酒店吉春偶尔住过,设施和服务都属一流,茶座却是第一次来。茶座非常宽敞,也很高雅,此时厅里正轻轻地播放着理查德·克莱德曼的钢琴曲《水边的阿狄丽娜》,让人备感舒适。墙上挂着一些书法作品,自己也练字,吉春看得仔细。这些作品均出自一人之手,只是字体有些变化,吉春估计是省城的一位高手所书。吉春在一幅条幅对联旁站住了,总觉得有些不妥。这是一幅行草,写的是"青山不墨千古画,绿水无弦万古琴"。吉春仔细一想,不妥之处恐怕就是这两个"古"字,这两个字一重复,就把对联的意境损了。其中一个"古"字改为"年"字就好多了,不过最好的改法是将上联的"古"字改为"秋"字。

正欣赏着,顾小林上来了,后面跟着一大群人。为首的一位个子不高,但很有气派。吉春马上迎了上去。不等顾小林介绍,那人握住吉春的手笑着说:"不用介绍了,你一定是吉总,这么远过来,辛苦了。"

吉春估计是那石头起的作用,但还是很真诚地说:"卫行长,我们企业的事,让您操心了,不知怎样感谢您才好。"

顾小林请一行人分别坐了下来,并请茶道小姐泡茶。吉春这一桌只坐了五六个人,主要以省行的为主。卫副行长坐下来又对吉春说:"吉总啊,你放心,银行也要靠放贷吃饭。你的企业信誉不错,效益不错,资金流量也不错,我们就喜欢这样的企业。但话我还是要交代,这钱不能改变用途,出了问题我们都要担责任的。"

顾小林接过话说:"请卫行长放心,我们会加强监管的。"

卫副行长看了一下自己的部下,说:"我把相关人员都带来了,资料搞齐,你们该签的字都签好,一个星期之内款便下去了。"

忙碌了半年,今天终于有了结果,吉春也抑制不住内心的激动。他觉得像卫副行长这样明来明去的人最好打交道,动情地说:"卫行长,过去我是井底之蛙,做些小事。现在我明白了,一个现代企业要发展、壮大,真的离不开银行。中午我们请您吃个饭,请一定赏光。"

卫副行长哈哈大笑道:"吉总,我们虽然是第一次见面,但你的资料我早看过了。按理说上几次你都要来的,顾小林帮你说了很多好话,我就不计较了。你是一个值得交往的人,中午饭肯定要吃了。"

这半年来,顾小林到省里来了不下十次,终于促成这件事,而且除了差旅费、招待费外,从未提过任何要求。吉春觉得他够朋友,心想是不是送点贵重的礼物给他。但一想那石头的三万元钱还不知如何报账,他又有点犹豫,最后还是决定跟赵亚君商量一下再说。

到了"湘江阁"餐厅,小王正在里面等着。见吉春等人进来,他马上对服务员说:"上菜。"

吉春请卫副行长坐在上席主人的位置,卫副行长则请吉春和顾小林分坐两旁,其他人依次坐下。卫副行长说:"吉总,我作主说一下,首先我滴酒不沾,这个顾小林知道。另外给我的几个兄弟每个人一条烟,酒则上'酒鬼'就行了。"

吉春一听,觉得这卫副行长越来越有意思了,马上说:"行,行,听您的。"

办成了一件大事,吉春非常高兴,心情也完全放松了。他首先自己倒满一大杯,估计有二两,端在手上,说了一句"谢谢各位了",便一口喝了下去。喝到最后,他已经醉了,连什么时候吃完饭送走卫副行长,什么时候被扶到房间休息都不知道了。

一直到下午四点钟,吉春才醒来,但头还是晕乎乎的。他抓过手机一看,马上清醒了一半:未接电话有九个,其中有公司李会的,刘云也拨了两次。吉春估计肯定有重要事,随即进了卫生间,一边打开水龙头,准备洗个热水澡,一边先拨了李会的电话。李会告诉吉春,接县委办通知,市纪委朱书记后天上午要到公司调研,内容是"治理经济发展环境",后天下午则到县里大会堂参加全县誓师大会。吉春又拨通了刘云的电话,刘云一接电话就骂了过来:"吉春,你这小子滚到哪儿去了,市纪委领导要去你那儿调研,你赶快准备,出了问题就刮你的皮。"

　　吉春这次出门,县领导谁都不知道。朱更力来深河矿业,目的
应该很明确。原打算在省城轻松休息一天,看来今天必须赶回去。
他以最快的速度洗了澡,收拾好后到了顾小林的房间,说了一些客
套话后,把自己必须回去的前因后果告诉了他。随后他又把小王
和赵亚君、彭佳叫到房间,交代了一下。赵亚君告诉吉春:"吉总,
中午餐费两千多块钱,卫行长已经签了单,并拿了几张发票给我,
说你一看就知道是怎么回事,这发票共有三万来块钱。"

　　吉春仔细看了三张发票,一时明白不了,也没有时间去猜,但
可以肯定是卫副行长在帮自己。他对赵亚君说:"你与彭佳马上到
一楼专卖店买两个女士包。彭佳一个,另一个送给顾行长,每个控
制在三千块钱左右。除了市工行一行人的房间外,小王马上去办
理退房手续。"

　　到晚上十一点多钟,吉春才拖着疲惫的身子回家。上楼时,他
见路灯确实很亮,下意识抬头看了看,也说不出有什么不妥。

第七章　压力骤增

一

一大早,吉春就赶到了公司,除了谢玉娥外没人知道他出差了。吉春想,自己也许就是这劳碌命。尽管头仍然痛得厉害,吉春还是强迫自己进入角色。今天他必须做好两件事:一是必须安排好明天市县领导到公司调研的接待工作,并准备好汇报材料。二是必须找邓龙了解清楚去看望岳父的相关背景。当然第一件事是最重要的。

昨天在省城回深河的路上,吉春已经电话告诉了李会,要他通知班子成员早上八点半开碰头会。一班人在会议室坐下后,吉春简明扼要地讲了一下县里的指示,同时进行了明确分工:"市县那么多领导到公司来,是公司近几年来没有的,我们一定要高度重视。汇报材料由我负责。后勤接待由谢主席负责,包括机关的卫生要好好搞一搞。会务准备由黄顺成副总负责,张贴一些标语,会议室准备一些水果。机关工作人员统一调度,互相协作。明天全部穿工作服上班。"

安排妥当,吉春回到自己的办公室,从电脑里调出自己去年年底撰写的《深河矿业经济发展环境初析》的调查报告。他心想要重新起草汇报材料肯定来不及了，把这份报告修改一下，换一下格式和语气，应该可以应付。于是他打印一份出来，反锁办公室的门，安心修改起来。

两个小时后，吉春把材料基本弄好，打电话到办公室找李会。打字员何玲接的电话，告诉他李会被黄顺成叫去制标语了。吉春要她过来把材料拿去，同时告诉她把那份调研报告调出来改就行了，改好后再打印一份清样送过来。

这事办好后，吉春自己倒了杯水，在办公室转了几圈，然后在会客用的沙发上坐下来。随即他又拨了赵亚君的电话，让她把昨天卫副行长留下的发票送上来。

吉春认真看了这三张发票，一张写的是烟酒 8200 元，一张是餐费 15200 元，一张是娱乐票有 6300 元，加在一起有 3 万元左右。卫副行长给发票，显然不是想吉春再送钱给他，那块奇石应该已经让他很满意了。根据昨天接触的印象，吉春断定卫副行长是一个处事非常慎重，有点小爱好但又不是太贪的人。

想来想去，也没有头绪，他就拨通了顾小林的电话说道："顾兄，还在省城吧，昨天真对不住了。"

"我们兄弟就别客气了，我已经回到市里了。谢谢你送了一个礼物给我，正在哄老婆开心呢。卫副行长给了你发票，你就按这个做账，免得你到处去找小发票抵账。"顾小林回道。他仿佛知道吉春的心事。

吉春豁然开朗。原来卫副行长知道那块石头大概花了多少钱，也知道吉春要报账。与其让吉春为难，不如做个顺水人情：昨天中午招待顾小林名正言顺,吉春到省城贷款花几万元钱也顺理成章。

赵亚君坐在沙发上一直没有说话。吉春回过神来,觉得心情好多了,对赵亚君说:"就按这发票报账吧,但要详细注明事由。让小王也签上经手人,具体情况我会跟他说明。"

"据了解,假如没有关系,要自己去把这事跑下来,没有二三十万是不可能的。我们前后只花了十来万元钱,连彭佳都说吉总吉人自有天相呢。"赵亚君说道。

"你没听说过朋友就是财富,关系就是生产力这句话吗?我是撞上了。昨天本想也奖励你一个包的,但又觉得不妥,我看你们财务部的六个人每人发 2000 元钱吧。"吉春说。他知道财务为这事加了不少班。

"我们就算了吧,不好列支。昨天彭佳可高兴了,说吉总你懂得关心人,还说……"赵亚君欲言又止。

"列支的事好办,去年作为纳税大户,县里不是奖了我个人 20 万元吗,就从里边开支吧,反正我不会要。彭佳说什么了?"吉春问道。他觉得赵亚君越来越可爱了。

"她说,要是你在他们单位,她就会喜欢上你。"赵亚君红着脸说完,不等吉春答话,逃也似的走了。

女人的心事千奇百怪,吉春笑着摇了摇头。

打字员小何送来了材料清样,吉春示意她等一下。他随即快速看完,纠正了几处错误,吩咐小何下午 5 点钟前打印 30 份。

小何走后,吉春拿起座机打邓龙的手机,但一直处于无法接通状态。他心里不免有些责怪:这小伙子办事是不是太毛躁了?想起钱的事,他又拨打了雷宏的电话。雷宏知道吉春找他,但估计事情很多,马上说道:"我没时间跟你扯,市委朱副书记要来。你那钱一分也不能要,下午交到纪委来,票我已经让纠风办开好了,是昨天的日期。"说完,啪一声挂了电话。

对于朱更力到深河来,吉春有种不祥的预感,但又说不清到底会对自己影响有多大。在深河矿业与"十二矿"合作一事上,朱更力肯定有所倾向,而且一直在操控着进程。县里的主要领导呢,谁敢得罪这位在市里呼风唤雨的铁腕人物?朱更力之所以没有动自己,是因为时间未到。评估结果一旦出来,得到各方基本认可后,自己将成为众矢之的。现在种种迹象表明,"十二矿"、黄顺成、朱更力之间肯定有千丝万缕的关系,而且他们加快了行动步伐,一旦有机会,就会拿掉自己。工会主席谢玉娥还有全体职工又能扛得住吗?

这样想着,到了吃午饭时间。吉春走出办公室,边走边看了看,见办公楼周边的卫生打扫了一下,比以前更整洁了。这时手机响了起来,吉春一看是邓龙打来的,马上接通了电话问道:"邓龙,你去哪里了,去看我岳父是怎么回事?""吉总,我刚才下井检查去了,所以手机没信号。今天是23号,我是20号下午接到一个电话,是县城的号码,告诉我说你岳父被车撞伤了。所以我就没想那么多,约了几个中层干部就去了。"邓龙答道。他有点摸不着头脑。

吉春马上问道:"那号码还存着吗?"

邓龙回道:"还有。"

吉春告诉邓龙说:"这事你跟谁都不要再说了。"

邓龙答道:"知道了。"

邓龙这边有了答案,却又出了一个新问题:是谁打电话告诉他的呢? 真是山雨欲来风满楼啊。

趁着去机关食堂的空档,吉春思考了一下,真有点剪不断、理还乱的味道。想来想去,他拨通了张利飞的电话。他把这些天来发生的一些事一五一十地告诉了张利飞。张利飞一直没有吭声,只是在中间问了他一句:"你岳父被撞伤的事是怎么知道的,有谁知道?"然后告诉吉春说:"我也在布置迎接市领导来检查的事,你这事得让我想一想,吃了中饭再联系。"听了张利飞的话,吉春心里踏实了一些。

大概过了半小时,吉春吃了中饭往办公室走。此时,张利飞的电话过来了,他告诉吉春说:"吉春,在电话里什么也不要说。另外,从现在起,在你办公室什么重要事也不要谈,你最好马上来县城与我见一次面。"

"好的,反正我也要去办点事。"吉春答道。下午他要把钱送到纪委,必须要去一次县城。原来想休息一下,现在看来,必须尽快去了。

下午大约两点钟,吉春与张利飞在县城"江中楼"茶馆见了面。吉春叫服务员泡了两杯茶,然后把门反锁,并告诉服务员,不叫她不要进来。

"吉春,搞得跟地下党似的。你真有麻烦啦。"张利飞说。同学之间,他也不避讳什么。

"别说了,我也有大祸临头的感觉,用你那聪明的脑袋帮帮我吧。"吉春哪还有心思开玩笑。

"这事有点严重。"张利飞严肃起来,说:"我分析了一下,假如你岳父受伤是偶然事件,那么那天在办公室里你与谢主席的谈话就有人泄露了出去;假如你岳父受伤是有人故意为之,则打电话给邓龙的人是设了局。但无论哪种情况,从有人送一个大红包去的结果来看,都是有人在算计你,而且下面有什么招数你无法知道。"

吉春倒吸了一口冷气,喝了一口茶压了压惊,问道:"利飞,这公安饭真没有白吃,有什么好办法吗?"

"老同学,其实我也不是什么圣人,帮你是看在同学的情分。一方面我不想插手去得罪人,另一方面换了别人,没有几万块钱请不动我。"张利飞喝了一口茶,卖了一个关子说。

"我虽然不富裕,但几万块钱还是拿得出。"吉春沉脸说。他想到了那笔纳税贡献奖,看来不要也不行了。

"我不是想要你的钱。等到天黑,我去看一下你的办公室,到了办公室你就给家里人打电话,说一些无关要紧的话。检查完了,我再偷偷摸摸回到县城。这也是为我们两人着想。"张利飞郑重其事地说。

吉春赶紧与张利飞告别。回到家里,把那 17000 元钱拿出来,立即到了县纪委。然后他又驱车回到了公司。

到公司后,吉春检查了各方面的准备情况,才回到办公室。拿出钥匙打开房门的时候,他竟感到了前所未有的恐惧。一想到自己呕心沥血地工作,却被人算计着,他就备感委屈,真想找个地方大哭一场。可是,他必须装着什么事都没有发生。

到了五点钟,李会进来问材料是否可以印了。吉春点头说:"一定要印好,不能出差错。"

等到天黑,吉春没有离开办公室,他把门打开。到了七点半钟,张利飞穿着便装轻轻进来了。吉春开始给家里打电话,问岳父的病情。张利飞则手里拿个仪器到处查看。一番探测后,果然在会客沙发底部发现了一个装置。张利飞示意张大嘴巴的吉春不要说话,并招手要他走出办公室。

在走廊的尽头,张利飞告诉吉春说:"那就是窃听器,你回忆一下谁来过,事情没查清之前,你装着不知道。但不该说的话千万要注意了。"张利飞马上要走,吉春千言万语不知从哪说起,只是说了句"路上小心"。

回到办公室,吉春回忆这段时间来往于办公室的人,一个一个地记起,又一个一个地否认。

二

市委副书记朱更力的到来,打破了深河的平静,也打破了深河矿业的平静。

早上九点不到,五台小车鱼贯而来,停在了深河矿业公司办公大楼前的广场上。

吉春与班子成员迎了上去。刘云跟在朱更力的身后,雷宏跟在刘云的身后,李同文、李书兵以及市里来的其他人员跟在雷宏的身后。吉春明显感觉到一种气势,一种官气和霸气。

朱更力五十多岁,高个头,瘦身材,眉毛上扬,头发乌黑,显然是染过的。他鼻尖上有颗黑痣,一双眼睛很有神。但他眼袋很厚重,给人一种苍老的感觉。刘云先介绍了朱更力,然后介绍吉春。朱更力伸手轻轻碰了一下吉春的手,面无表情地说了一句:"是吉总啊,还很年轻啊。"

当刘云介绍黄顺成时,朱更力的表情马上变了,他笑着大声说道:"这个小黄啊,我认识的,素质很高。"刘云赔着笑脸说:"是不错,不错。"

大家一起往办公楼去的时候,雷宏什么话也没说,只是在吉春手臂上轻轻拍了一下。这个动作几乎没人看到,但吉春感觉到了。

调研会在深河矿业公司的三楼会议室举行。吉春早就安排李会在每个人的座位前放了一份汇报材料。大家坐定后,会议开始前,有人习惯性地拿起资料看了起来。

吉春坐在与市、县领导对面的座位上,朱更力始终绷着脸。由于他的影响,会议室的气氛非常沉闷。刘云在朱更力用热毛巾擦完脸后,请示道:"朱书记,可以开始了吗?"

朱更力没有说话,只是点了点头。刘云简单地说了几句开场白后,示意吉春开始汇报。吉春心里有一千种反抗的心,此时也不能表露出来。他还是说出了事先准备的客套话,才开始汇报。

看得出,刘云和雷宏对整个安排还是满意的,对汇报也在认真听。

吉春的汇报分了四个部分:一是深河矿业的历史沿革和基本情况。二是深河矿业经济发展过程中面临的难题。三是已经采取和正在采取的措施。四是对上级的建议请求。

在吉春汇报的过程中,没有一个人说话。等他说完,刘云马上说:"今天,市委朱书记亲临企业调研,就是要全面了解我县在经济发展过程中的诸多问题和困难。刚才吉总作了汇报,请在座的深河矿业的同志补充。已经说了的不再重复,朱书记还要赶到县城,下午全县有个大会。"

此时,坐在吉春左边的黄顺成干咳了一声,大声说道:"我补充几句。我认为我们公司在如何处理生产经营外部环境问题上做得不够,当前最重要的是要抓住省委、省政府整合天盘湾矿区资源的契机,尽快实施与'十二矿'的合股计划。这样做,第一,有利于给企业创造一个稳定的经营环境。第二,有利于减少中间环节,节约资源。第三,有利于国有企业资产整体效益提高。具体的我就不汇报了。"

吉春用余光看了一下,黄顺成的记录本上写了满满几页,看来是有所准备。"真会选时机啊,让你连反击的机会都没有。"吉春心里暗道。令人没有想到的是,谢玉娥突然站了起来,毫不畏惧地说道:"谁屁股上夹着屎,大家心里清楚。合股的事,要问工人们答不答应。"

谢玉娥从今天的阵势中已经看到了吉春的劣势,那就是县里领导没有人敢表硬态,虽然对吉春还是认可的,可市里的压力和内部的分歧必然对吉春不利,只有自己先顶上一阵。吉春心里很是感动,但还是伸出手拉了拉谢玉娥的衣角,让她坐下来。

主持会议的刘云先是制止谢玉娥再说话,他严厉地说:"谢玉娥同志,请注意你的态度。"随后又问道,"在朱书记作指示之前,其他部门的同志还有什么补充的?"

此时,李同文也凑上了热闹。他说:"与'十二矿'合作的问题,是我县治理经济发展环境的重头戏,我深有体会。我觉得要尽快成立班子,制定详细方案,开展实质性工作……"

"这个具体事就不要再扯了。县委、县政府本来就把这件事当成大事在做，基本框架已经出台。最终方案没有敲定，主要是要等待评估结果，要考虑各方利益。"雷宏正色说道。他觉得这个李同文有火上浇油之意，皱起眉头制止了他。

刘云也觉得差不多了，说道："今天的调研会非常重要，市委朱更力书记十分关心我们县的经济建设，下午还将出席誓师大会。下面我们欢迎朱书记作重要指示。"

大家热烈鼓掌。朱更力摆了摆双手，示意大家放下手，然后讲了起来："同志们，有些话，我下午在全县的誓师大会上会讲，这里就不啰唆了。但是，这次来深河，来深河矿业了解一些情况，比我预想的要复杂，离市委、市政府的要求还很远。我想说的是，这次全市开展的活动，每个市领导都下去调研了，目的很明确，就是要结合反腐败工作，找出影响我市经济发展环境的症结，促进经济健康发展。今天来深河矿业，听了汇报，结合我过去掌握的情况，看来问题是很严重的。"

讲到这里，朱更力停顿了一下，从烟盒里掏出一根烟点上，吐了一口烟。接着他严厉说道："首先是你们班子不团结，思想没有统一到全省、全市、全县的大局上来，各吹各的号，各唱各的调，吉春你这个一把手是要负全部责任的。其次是你们方向不明确，天天开会讨论，也讨论不出什么结果。最后是你们工作没成效，面对新的形势、新的任务，没有具体实施方案。具体的我不说了，你们周书记和市委田书记去香港招商引资没回，刘县长在这里，建议县委、县政府引起高度重视。必要时市、县纪委要介入，请雷宏同志注意把握。"

吉春感到脑子里一片空白，后面刘云说了什么，基本上没听进去。

他知道最可怕的东西已经来临。从组织的角度讲,朱更力任何时候都可以把自己置于死地,而且理由非常充分。

送走了一行人,操场上空荡荡的,吉春感到了前所未有的孤独。

谢玉娥站在他旁边,一直没有说话。作为一名女同志,她能这样帮自己,他很知足了。但前面的路怎么走,吉春也有些茫然。

"看黄顺成高兴的样子,好像深河公司就是他的了。"谢玉娥火气未消地说。

"谢大姐,不用去管他那么多。人不可失去原则和违反规律,他现在两条都没做到,总有一天会受到惩罚的。"吉春说。他脑子被山风一吹,似乎冷静了许多。

谢玉娥接着问道:"下一步怎么办呢,看这种情形拖是拖不下去了。"

"我刚才看到了朱更力的眼神,分明是下了决心要动我,反过来也是把我逼到了绝路上。我不能被动防守了,我们必须有一个完整的对策。我的办公室暂时不能谈大事,这样吧,你通知唐刚、吴国成、邓龙、李会、赵亚君晚上去你家,一起商量一下。不要太集中去。下午我去县里开了会,再赶回来,时间就定在晚上八点吧。"吉春说。他的目光变得锐利和坚定起来。

吉春回到自己办公室,斜躺在办公椅上,闭上眼睛,任思绪驰骋起来。隔了一会儿,突然想起了什么,赶忙拉开了抽屉,原来程继亮给他的信封一直放在里面。吉春仔细看了看,想拆又忍住了,毕竟还没有到山穷水尽的地步。不管怎样,从程部长的严肃劲来看,这封信一定能帮自己……他就这样想着想着,竟迷迷糊糊睡了过去。他真的太累了。

到了下午两点钟,吉春被人叫醒了。睁眼一看,是李会和司机小王。李会说:"吉总中饭也没吃,见你睡着了就没打搅你了。下午的会是三点钟开始,应该要去县城了。"

吉春赶紧漱了口,擦了把脸。他拍了拍李会的肩膀以示感谢,便与小王一起走了。

县人民会堂是前几年深河县项目大会战的时候兴建的,据说还参考了北京大会堂的布局,每个乡镇都有一个小会议室,供讨论、休息用。今天的会规模很大,除了县四家领导、县直机关企事业单位党政一把手、乡镇四大柱头之外,还有项目建设涉及的村干部、企业老板,差不多有八百人。吉春看还有二十来分钟开会,先来到岩泉乡的会议室,见到了正在与村干部闲谈的乡党委书记文义铭。

文义铭是省里的选调生,不到 35 岁,已在岩泉当了两年的乡党委书记。见吉春来了,他马上过来握手,吃惊地说:"老大,你走错地方了吧?"

"老弟,我特意来找你,明天是星期六,想请你陪我去观音庙村。有个叫邱又保的,是我父亲的朋友,我想去看看,不知你有不有时间。"吉春长话短说。

文义铭何等聪明,什么也不问,爽快地说道:"没问题。一切我来安排好。"

吉春赶紧握手道别,因为会议马上就要开始了。

朱更力讲话的时候,脱稿严厉批评了深河公司,而且直接点了吉春的名。吉春感到到处是异样的目光,但此时他已将个人的荣辱置之度外,反而坦然了许多。

散会后,吉春的手机马上响了起来。一看是杨川打来的。杨川说:"吉春,不要怕。"吉春回答说:"杨主任,我挺得住,谢谢您。"出了大门,又遇见了来参会的大山冲村的何永古和何三强。他便约他们一起吃煲仔饭。

说是煲仔饭,吉春还是叫小王炒了一盘狗肉和其他几个菜,打了一壶土酒。

一坐下来,何三强便嚷了起来:"吉老板,怕什么? 你要是不当官了,就跟我们一起干吧。"

何永古立即打断了何三强的话,说道:"你这是说瞎话,'朱砂厂'跟黄军海他们是穿一条裤子的。他要整吉总,看我们有什么能帮他的,吉总是个好人啊。"

吉春知道这两人对自己是真心的,但又不敢讲太多。他小心地说:"谢谢两位兄弟。天害人,草不生,人害人,害不死。我有准备。我们公司这个人有股份的事,你们听谁说的?"吉春边说边竖第二个指头,意思是指黄顺成。

"哎呀,这个还用听谁说,大家都知道。"何三强一口气喝了一杯酒,说道。

"知道有什么用,吉总要的是证据。"何永古提醒道。

吉春微微点头,心想:这何永古倒是个明白人。

"吉总,就冲你对我们的好,我们也要想办法帮你,不一定成功,但我们的心是真的。"何永古又说。

吉春帮两人倒满了酒,自己也满上,端在手上动情地说:"过去我们企业与你们村矛盾不少,还打过架,现在尾矿库建好了,我们可以和平共处几十年了。这杯酒为我们的兄弟感情干杯。至于那些事,我不想你们得罪人,我自己会处理好的。"说完,将酒一饮而尽。

第八章 寻找缓冲

一

与何三强、何永古两人分手后,吉春便赶往公司。

在车上,吉春掏出手机给蒋红打电话,告诉她说:"明天我们一起带着女儿去乡下走一走,九点钟在楼下等我。"

这段时间,吉春的神经一直绷着,脑子很乱,也很疲惫。他很想找个地方静一下,轻松一下。去观音庙村可以一举三得,一是陪陪家人,二是放松一下自己,三是了却父亲的心愿。

"书记,我觉得何三强办事不太牢靠。"见吉春打完了电话,小王边开车边对吉春说。

"何三强有点猛,但心肠还是好的,我也不会让他们去帮忙做什么事。"吉春说。他知道这是小王在提醒自己。其实,与这些村干部保持良好关系是必要的,但也不能走得太近。自己处在利益旋涡的中心,要闯过难关,还是得靠班子、靠员工。同时,自己的决策也至关重要。开好今天晚上的秘密会议,可以说是反击的开始。

对于司机小王,吉春是放心的。但吉春做人有个原则,就是不害人、不怕人,但要防人。防人不是指对人不放心,而是不能把一些大是大非的原则问题让身边的人知道太多。知道的人多了，不仅容易泄密，也容易把自己最信任的人卷入争斗，伤害他们。想到这里，他对小王说："公司的事我会有分寸，你不要去乱说。有时候与县领导的司机玩，不要议论公司的事。"

"这个我知道，但来找我签单的司机还是蛮多。"小王说。他似乎有点把握不准。

"不要所有的要求都满足，也不要所有的人都得罪。"吉春说。他的意思是帮领导的司机签几张单没关系，但不要太随意。

"好，我明白了。"小王答道。之后再没有说话。

吉春则静下心来思考一下晚上的会。

谢玉娥的家在公司原来的家属区，位置比较偏，加上寒冬时节，入夜后外面很少有人走动。所以吉春要谢玉娥通知人来开会，基本上无人知道。

吉春到来的时候，其他人都到齐了。一见到吉春，刚才还在说笑的邓龙他们，马上神情严肃起来。

吉春心里一阵酸痛。朗朗乾坤，一个国有中型企业的骨干，竟然要用这样的方式开会。可自己是他们的头，是主心骨，千万不能乱了方寸，更不能让他们有悲观的情绪。

"大家不要太紧张，天跌下来当簸箕。"吉春说。他故作轻松，想活跃一下气氛。

可这段时间的经历，已经让事情公开化了，谁都感觉到问题的严重性，谁也轻松不起来。同时，他们更想知道的是下一步该怎么办。

"吉春，现在大家心里很紧张，刚才你也看到了。我们也知道你身上的压力,大家最想知道的是下一步怎么办。"谢玉娥也有点着急地说。

吉春此时也没有心思开玩笑了。他坐下来,然后示意大家都坐下,动情地说:"开这样的会,实属万不得已。我虽然不敢说自己有多崇高,但我们都是彼此信任的人,公司的未来的确掌握在我们手中,职工也在看着我们……"

"吉总,你就说下一步怎么办吧!"邓龙急切地说。

此时,吴国成站了起来,拍了拍邓龙的肩膀,说:"小邓,不要着急,吉总既然把我们都叫来,一是信任我们,二是也想听听我们的意见。"

吉春点了点头,心想:吴国成平时话不多,却能说到点子上。他喝了一口水,接着说道:"具体的情况大家都很清楚了,我不再啰唆。说实在话,我也没有非常完整的对策,如何往前走,请大家一起出主意。"

"我觉得应该向县里施压,组织工人抬着石勇志到县政府上访去。"邓龙又放一炮。

"县里的态度是不明朗,可我们去闹也没有理由啊。"一直没说话的唐刚提出了疑问,有点担心。

吴国成则在屋里走来走去,突然停下来说道:"现在我们对'十二矿联盟',特别是对黄氏兄弟的底细了解太少了,我觉得我们应该下点功夫。"

"这个主意不错,我想我们还应该摸一摸黄顺成到底做了什么见不得人的勾当。"谢玉娥接过吴国成的话说道。

"为什么这么多贪官啊,县里没一个领导敢支持我们?"邓龙愤愤地说。

"越是形势不明朗的时候，就越是这样。县里的领导是惧怕朱更力的淫威。你们不知道吧，我们邻县一个煤炭局长，在整治非法小煤窑时得罪了朱更力的一个亲戚，说'双规'就'双规'了。还有的人是在玩政治，只要事情有了结果，功劳是他们的。省里、市里要的是结果，而不是过程。"吉春耐心地告诉邓龙说。

因为跟公司的领导在一起，李会、赵亚君显得很拘谨，除了不停地给大家添茶水外，一直没有说话。吉春便笑着对两人说："赵亚君和李会，你们两人都是内当家，有什么好的点子？"

见老总点将了，本不想发言的李会挠了挠后脑壳，有点紧张地说："我、我也没有什么可说的，但站在职工的角度，我认为首先要稳定人心。平时，很多职工有怨言，他们的言辞中有骂'十二矿'的，有骂县政府的，也有骂公司领导的，就连我做工作都显得底气不足。"

见李会说完了，吉春又转向赵亚君，问道："赵亚君，你呢？"

"这段时间，黄副总经常到财务部去，问这问那的，是不是贷款的事他知道了？"赵亚君说不出什么道道，但把这个情况说了出来。

到省工行贷款一事，吉春是严格保密的。经理会的决定也是分别找人签的字，黄顺成的字则是模仿上去的。自己屋里有窃听器，这个事泄密就很正常了。他对赵亚君说："黄顺成去财务部也很正常，贷款的事迟早也会知道，只是不能让他利用这件事做文章。"

随后，大家又你一言我一语地交流了一些想法。不知不觉一个多小时过去了，吉春与谢玉娥交流了一个眼色，便开始总结性讲话,他动情地说:"同志们,虽然最近压力很大,但我今天还是很高兴,起码我们这些人的思想是统一的,对我今后的工作是一种动力。我上任以后,就面临这样的难题,我百思不得其解,原以为能够顶得住,但我想错了,也太幼稚了。我思考了很久,我们不能再被动防守,今天的会就是主动出击的开始。现在我们开始分工,请谢主席和赵亚君负责银行账户的申请工作,可以开始进行集资。请吴国成书记负责查清黄顺成入股黄氏兄弟矿的事,务必掌握确凿的证据。请唐刚副经理抓紧冶炼厂的生产,同时加快资金回笼速度,必要时要求对方预付货款。请邓龙负责调查黄氏兄弟主要社会关系,进一步搜集他们非法生产的证据,另外查清那个电话号码。我负责对方评估人员的调查了解,同时请李会协助我起草控告书。控告书起草好后不发出,看情况再定。同时我还要强调,我们所有的事都要秘密开展,因为这是国家利益与私人利益的搏斗,一着不慎满盘皆输。同时我们还要无所畏惧,因为我们是正义的,职工会支持我们。另外,以一个星期为限,大家分别单独向我汇报。拜托了。"

吉春一口气说完,见大家神色肃穆,也觉得这阵势有点悲壮。

吉春说完,谢玉娥见大家都不说话,赶紧说道:"大家听清了吧,这回我们有目标了,就分头去准备吧。"

几个人前后分头走了。吉春走在最后,握住谢玉娥的手说:"谢大姐,矛盾将会更加尖锐,要有思想准备啊!"

"吉春,你放心吧,我还怕什么!"谢玉娥一脸豪气地说。

同时,吉春告诉谢玉娥,明天是星期六,他要去办点私事。

从谢玉娥家里出来,吉春感到前所未有的轻松,压在心里几个月的闷气终于释放了出来。深冬时节,四周黑魆魆的,大山在星光下露出雄伟的轮廓,像剪影在远处与自己对视,仿佛朋友似的。

打开办公室房门,吉春见时间尚早,想想有好久没练字了,于是从书柜里取出笔墨纸砚放在办公桌上。办公桌上堆放了一些报纸文件,吉春伸出手推了一推,结果用力过猛,一部分掉到了地上。吉春只好走过来,蹲下身去收拾。当他看见一份材料时,突然站了起来。原来这正是黄一送来的所谓个人求职资料。吉春明白了,窃听器就是黄一安上去的。他咬着牙,从内心深处蹦出两个字:婊子。

吉春感到有双恶毒的眼睛在冷酷地盯着自己,背脊有点发凉。可办公室有这玩意,不能告诉别人,也总不是个办法。看来还得找个时间向张利飞请教一下。

吉春一下子没有了写字的兴致。他把文房四宝放进了书柜,反锁房门,洗了个热水澡,上床睡了。

二

深河县的地形地貌有个明显的特点,东面和北面是高山大岭,西面和南面则是丘岗平地。深河的经济发展也形成了明显的区域特点:北面经济上去了,还产生了不少暴发户,县里的财政收入靠它支撑,但山秃了、水浊了、地陷了。南面则是典型的小农经济,饿不死,也发不了大财。但这里山清水秀、空气清新,风景如诗如画。

十年前,县里提出了"调整产业结构,实现一乡一品"的战略构想。对南面实施大规模的丘岗开发,大力扶持种植冰糖橙。那些零星的油茶树、桃树、梨树全都换成了统一的冰糖橙,规模达到了五万亩。这成为深河农业产业化的亮点,多次上了省报、省电视台。这冰糖橙树成行成队,漫山遍野,苍翠欲滴,令人心神愉悦,流连忘返。

吉春特地让文义铭坐自己的车。老婆坐在前面,自己则与女儿、文义铭坐在后排。

"文老弟,这地方真好呀,住在这里可以多活十年。"吉春由衷地赞叹道。

文义铭虽然年轻,但一直在乡镇工作。他是选调生,对自己要求比较高,有点少年老成的味道。他笑了笑说:"老兄啊,人类对绿色的确是情有独钟。像冰糖橙,假如你9月份左右来,黄澄澄的果实压满枝头,那会更好看。但你是只知其一,不知其二啊。这农业产业化说容易,做却难。比如说冰糖橙,选准了就得投入,投入了就希望有收成。刚开始,面积少、挂果少的时候,各地抢着要,像宝贝似的,价格也高。现在面积上来了,果子多了,就成了大路货,不仅价格低,销路也成问题。下午回的时候,我们去省道看看,你就会看见不少农户在省道旁摆摊叫卖,现在光我们乡就积压了五万斤以上。"

"哎呀,没想到名堂不少,真是隔行如隔山。"吉春说。听了文义铭的话,他有点吃惊。

"叔叔,报纸上不是说搞冰糖橙节吗,县里不是动员单位来买吗?"坐在旁边的女儿阳阳搭上了话,天真地说。

"说是说了,做也做了,效果也有。如今剩下的对农民来说就是纯利润了。现在大家都在拉关系,希望尽快在春节前销完,时间长了就烂了。"文义铭有点发愁地说。

"那我回去发动我们班的同学都买冰糖橙。"阳阳说。

蒋红笑道："阳阳学会忧国忧民了。"

车子在山路上走着,前面就是观音庙村了。远远看去,观音庙村在一座郁郁葱葱的山丘下面,被一层薄薄的烟雾缭绕包围着,就像一幅水墨画。

"按照你的吩咐,我已安排人找到了邱又保。他一家人听说你要去,非常高兴。昨天就开始准备了,中饭在他家吃。"文义铭告诉吉春说。

蒋红转过身子,真诚地对文义铭说道："文书记,真是让你操心了。"

"大嫂,能够陪你们,我高兴还来不及呢。"文义铭道。

邱又保做梦也没有想到当年吉老师的儿子会来看他,还带来了乡里的书记。他拉着吉春的手久久没有放下,不停地说道："好久不见了,都长大了,都长大了,你爸爸还好吧?"

吉春仔细地打量邱又保,当年三十出头的壮小伙子,已经年过花甲,头发花白,岁月的艰辛写在他的脸上。他不禁百感交集,眼眶湿润起来。他动情地说："邱叔叔,多年不见了,我爸爸到市里去住了,就是他嘱咐我来看望您的。"

蒋红把带来的礼物放在桌上。邱又保的家人招呼大家坐下来。另有一个乡干部模样的人对文义铭说："邱又保本来是住在大儿子家的,听说吉总要来,特地把旧房子清理了一下,中午就在这吃饭。"

吉春一听,明白了邱又保的用意,他是想让吉春再回忆起过去的时光。

老屋并不宽敞，一干人围着桌子坐下。桌上摆满了切成四瓣的冰糖橙，这橙子经常吃，但今天吃起来觉得特别甜爽。一会儿，阳阳突然伸出一根手指放在吉春眼前，吉春不明白怎么回事，目光随着她的手指移动。阳阳的手指指向了屋里，吉春定神一看，原来在屋角堆放了一大堆的冰糖橙。

吉春想起在路上与文义铭的对话，知道当地确实面临农产品滞销的问题。他便问邱又保道："叔叔，你们平时怎么卖冰糖橙呀？"

"县城赶集大家包车去卖，有时拖点去邻近的县。现在多了，不值钱了。"邱又保瞄了瞄角落里的橙子，叹了口气说。

"没关系，总会有办法的。"吉春说，他打定了一个主意，随即又对文义铭说："要不我们一起去走走，对这个村子我还是蛮熟悉的。"

1973、1974两年，吉春的父亲下放到这个小山村。村里人知道他是老师，没有安排他干重活，让他在小学教书。吉春的母亲隔几个星期便会带着他们来一次，那时不通公路，全是步行走山路。虽然很累，但一家人乐在其中。住户邱又保更是给了他们无微不至的关怀，一家人心存感激。父亲没有退休时一年要来一两次，可吉春却有三十多年没来了。

"村里还是有变化的，不仅通了路，还建了不少新房子。只是我发现好像很多小孩没人管。"吉春说。

"中央的农村政策还是很好的，搞了村村通，又搞新农村建设。加上减免农业税、粮食直补、减免学费、家电下乡等一系列措施，农民得了不少实惠。可农村的收入还是以到处打工为主，所以青壮年大都出去了，留下的称为'386199'部队。计划生育实行人性化管理，不准强行开展。过去干群关系不好，但人口降下来了，现在虽然关系好了，黑人黑户却多起来了。"文义铭道。说到农村的情况，他如数家珍，同时透露出无奈。

"我与你就在同一个县，对农村的情况了解那么少，更何况是高层了。"吉春也生出感叹道。

来到村口，原来的一口水塘不见了，建成了公屋。小时候，吉春与村里的孩子一起在塘里洗澡、摸唆螺，度过了许多无忧无虑的时光。

蒋红仿佛也受了感染，望着四周的风景说："退休了，来这里住不失为一种选择。"

"嫂子，熟悉的地方没风景，你在这儿住久了，就会想念城里的生活。"文义铭笑着说。

"这倒也是，城里什么都方便些。"蒋红似乎泄了气，叹道。

吉春则不置可否地笑了笑。

不一会儿，乡里来的那位干部来叫吃中饭了。

进得屋来，桌上摆了一大桌菜。邱又保大儿子一家也过来了，他与吉春差不多大，却生了三个小孩。吉春一看便明白了，有几个菜是乡里准备的。他朝文义铭笑了笑，请他坐上席。文义铭也不客气，请大家坐下来，随即让那个乡干部倒酒。

"老侄啊，我们这没好酒，只有自己煮的红薯酒。"邱又保说。估计他家也是第一次来这么重要的客人，显得有点紧张。

"叔叔，你不要客气了。那些好酒啊，假的多，我们还不想喝呢。今天见到你们,我们一家都特别开心,我跟文书记一定要开怀畅饮。"吉春看着一脸朴实的邱又保,心里有点堵,真诚地说。

很久时间没有这样大碗喝酒,大块吃肉了,吉春心里有说不出的畅快。

"吉大哥,我虽然在乡里工作,但对你那块的事还是有所耳闻。特别是那天开会,我就知道你的压力很大,但我相信人间自有公道。来,我起杯。"文义铭端起杯站了起来说。

"老弟,有你这句话足矣。来,一起敬邱叔叔一杯。"吉春也站起来说。

要不是蒋红在场,吉春一定会酩酊大醉。一直到下午两点钟,一餐饭才吃完。吃完饭,大家便与邱又保一家告别。

吉春对邱又保的大儿子说:"要好好照顾老人,小孩子既然生出来了,就要用心培养。"

返回的时候,吉春仍然与文义铭坐自己的车,文义铭带着他往另一个方向出省道。果然如文义铭所说,省道上隔一段路便有一处卖冰糖橙的。一般是一把遮阳伞下面放一张凳子,凳子上放一只竹筐,竹筐里装满了橙子,再插一块写着"冰糖橙"的牌子。吉春叫小王慢点开,对文义铭说:"这是一道生活的风景线。"

车过一处摊点时,吉春从车上望去,见一个站着的女孩有似曾相识的感觉,便叫小王把车停下倒了回去。

一下车,那女孩就笑脸相迎,热情地说:"老板,买橙子吧,很好吃的。"

吉春仔细一看,心里一阵激动,但没有表露出来。这分明就是驴肉馆那个服务员的翻版,所不同的是性格完全两样。

"你是不是还有个姐妹啊?"吉春问道。

"我们是双胞胎……"那姑娘迟疑了一下,突然叫起来,"哦,你就是救我姐姐的那位老板吧? 我姐姐刚回去吃饭了。"

吉春想:这也太巧了。想起张利飞给的 2000 元钱,掏出皮夹数了出来。

那姑娘道:"老板,买这么多?"

"这是给你姐姐的,是公安局收上来赔的钱。你们是哪个村的,姓什么?"吉春问道。

"我们是岩泉乡上寨村的,姓胡。我姐姐真是太走运了,遇上了你这个贵人,谢谢你啦,来,吃水果。"姑娘接过钱,边说边拿起水果往吉春他们手上塞。

吉春掏出笔,写了一个张利飞的电话号码留下,告诉那姑娘,叫她姐姐打个电话感谢。

上得车来,吉春把事情的来龙去脉告诉了文义铭。同时说道:"老弟,看来得帮你一把。元旦前,你给我准备十万斤橙子,我公司要五万斤,另外帮你销五万斤。"

"老兄,岩泉乡的冰糖橙种植户要给你下跪了,真是太谢谢了。"文义铭连续说了几个"谢谢"。

"我们吉老板要普渡众生了。"蒋红在前面不无醋意地说道。

第九章　红尘柔情

一

　　每周星期一上午,吉春都非常忙碌和紧张。

　　机关报账的,中层领导汇报工作的,一个接一个。吉春并不觉得奇怪,矛盾和问题当一把手的不能回避,否则今天的一个问题,到明天就可能是五个甚至是十个问题。在国有体制下,一把手就是家长,什么事都得考虑。吉春当总经理后对管理进行了一些改变:第一是放权,把一些具体事务、业务的权力给了几个副职。第二是开例会,每个月一次。吉春认为除了突发事件外,一个月开一次会足够了。他要求各部门、各副职充分了解情况,汇报要清楚,便于决策。决策以后,就按定了的去执行。但琐事还是很多。

　　忙了一阵子,吉春拨通了省城大地化工公司董事长陈铁民的手机。没等吉春说话,对方倒先说话了,他直截了当地说:"吉总啊,欠你的货款过了元旦节就给你打过去,800万,一分不少。"

　　"陈董事长,不愧是上市公司,财大气粗。不催欠款就不准我给你打电话了?到时候别怪我把锡锭卖给别人。"吉春开玩笑道。"哎呀,对不起了,难道吉总还有其他事?这段时间我可忙死了,下午还要去省政府汇报。"陈铁民说。他跟深河矿业做生意多年,吉春上任后接触也较多,自然没有隔阂。

吉春也不想再调侃,长话短说道:"老兄啊,请你帮个忙。你知道我们县的冰糖橙是很有名的,但一些乡镇销路还有问题。我一个朋友在那里当书记,我想帮他销一部分,价格好商量。"

"你说要给我多少?反正元旦节要发福利,问题不大。"陈铁民快人快语地说。

"要个五万斤吧,烂在职工家里总比烂在农民家里好。估计不到十万块钱。"吉春说。他也不想太为难陈铁民了。

"没问题,我让董秘这两天派人去找你。不跟你扯了,以后联系。"没等吉春说声"谢谢",陈铁民挂了手机,估计也是忙。

吉春笑着摇了摇头,心想:这大公司也有大公司的烦,凡人凡人就是"烦"。想起这件事办妥了,也松了一口气,眼前又闪现出驴肉馆那位女孩被打时的情景。

随后,吉春又给文义铭打了电话,告诉他准备十万斤冰糖橙,同时约好大致时间,吩咐一定要把邱又保家和胡氏姐妹家的全部收购了。这也是吉春给文义铭一个显示政绩的机会,不仅把本乡积压的冰糖橙全卖了,让老百姓高兴,还可以帮助兄弟乡镇销一部分。凭文义铭的聪明与老练,不会想不到这一点。

静下来后,吉春的思绪回到了上个星期在谢玉娥家开会布置的事情上。第一,对岳父受伤一事,特别是有人送钱一事必须提高警觉,估计有人会利用此事做文章,但做什么文章还不得而知。第二,窃听器必须尽快清除,但又不能惊动对方,这一点儿要听张利飞的。第三,控告书以职工的名义书写,主要是针对黄氏兄弟的矿非法生产一事。第四，对方评估人员在干什么、进展如何要有初步的了解，但又不能公开进行。理清这几点后，吉春离开办公室，准备先找李会，说说控告书的事。

他刚要出门，却冲进来几位老职工。吉春一看，知道自己一时半会脱不了身了。

"吉春老总，你到底怎么搞的，是不是要把企业卖掉？要当卖国贼你当，我们坚决不答应。到了那一天，我就背着勇志死到县政府去。"说话的正是石勇志的父亲石滔。

一起进来的老职工，吉春基本上都认识，但不能全部叫出名字。他们怒气冲冲，大有与吉春论战一番的架势。

吉春知道是怎么回事，只好赔着笑脸说："各位老前辈，我知道大家想说什么，你们先坐下，喝口水。"然后请大家一一坐下，并给每人倒了一杯开水。

"公司到底在搞什么鬼，我们每天都睡不好觉，不知道今后怎么办。没有企业了，我们怎么办？"又一位老职工呼地站起来对吉春喊道。

吉春仍然陪着笑脸，示意这位老职工坐下，然后说道："各位老前辈，这件事是我没做好，你们怎么骂我都行。我知道，你们不是为自己，因为你们退休工资是社会统筹的，你们是为了企业以及你们的后代。我今天也坦白地告诉你们，公司领导决不会将企业卖掉，对于合股的事我们也会很慎重。你们都知道，我也是一个不怕压力的人。"

说到这里，吉春看见门外赵亚君站了一下，本想进来，迟疑了一下又走了。

"光说漂亮话没有用,我们想要的是你的态度,听说市里已经表态了,要'十二矿'入股。"石滔又激动起来。

"石老大,你的心情我很理解,我也希望大家给我一点儿时间,更不要去相信没有根据的传言。"吉春冷静地说。望着石滔满是沧桑的脸,吉春心里也不是滋味。他从抽屉里拿出一包烟,打开,逐个递了上去。在大家点烟的时间里,谢玉娥来了。吉春一看就明白了,一定是赵亚君去通知她来解围的。

谢玉娥一进来便说:"老师傅们,今天这么整齐,向老总开炮啊。"

见谢玉娥来了,这些老职工不再冲吉春发火。石滔再次站起来说:"谢主席,你平常对我们好,我们领情。但企业的大事不能糊涂啊。"

"石老大,你们的心我理解,你们知道吉总承受多大的压力吗?最终结果出来了,你们就会明白了。关键时候,我们自己不能乱啊。"谢玉娥尽最大的努力安慰他们说。

趁这当儿,吉春冷静下来。他觉得,老职工这块儿不稳定,内部也会出问题。随即他果断地说:"各位老前辈,现在谢主席也在场。我看是不是这样,这个月底我们召开一个全体离退休职工座谈会,一是庆元旦,二是把工作向老同志们详细汇报一下。"

听吉春这样说,谢玉娥便征求这几位老职工的意见。老职工听说吉春要开大会,自然很高兴,也不再说什么,就散了。

"谢大姐,你来得真及时,正好有几个事想商量一下。"吉春说。

"赵亚君到我办公室喊我的,这些老职工也确实需要解释清楚。什么事,你说吧。"谢玉娥的话证实了吉春的猜测。

吉春说:"主要是三件事,一个是老职工活动中心那里装修好后缺几套沙发,我看就把领导办公室的皮沙发搬过去,而我们就添几套木沙发吧。二是元旦快到了,职工发点慰问金和慰问品,慰问品就发些冰糖橙吧,算是帮农民兄弟一把。三是我刚想到的,石勇志家里困难,除了春节前的固定补助外,是不是从工会经费里解决一点?"

谢玉娥想了想回答道:"沙发的事没问题,去买几套就行了,明天就叫人搬过去。冰糖橙也没问题,我安排人去办。关于困难补助,公司有特殊困难的有三十几户,要考虑就要一起考虑,但把石勇志作为重中之重。"

"好的,那就先拟一个名单,到时交经理办公会研究一下。我有事出去一下,一起走吧。"吉春说。

出了自己办公室,吉春马上给张利飞打了一个电话,告诉他沙发搬走一事。张利飞在电话那头笑着说:"老同学,把这事消化于无形中,让他们去听老职工的骂声,真是高招啊。要是你到公安来,肯定比我干得好。"吉春说:"总之要感谢你的帮忙。"

吉春先来到李会的办公室。李会正在整理文件,见吉春进来,赶紧放下手中的活,站起身来,说:"吉总来了。"

办公室工作多且杂,吉春很清楚。李会做事比较稳重,有条理,吉春也比较满意。他告诉李会说:"关于对聚宝矿超深越界开采的控告报告,把以前的综合一下,特别要加上最近违法开采的情况和目前雨水较多、天气恶劣的话语。"

李会说:"我与邓龙联系了,最好是在报告后面附一张坐标图,让上级领导一看就明白。"

吉春赞许地点了点头，随即又来到二楼财务部。

赵亚君正在电脑前忙碌着，见吉春进来也站了起来，但表情有些不自然。吉春也明显感到，自从省城回来后，他自己与赵亚君的关系似乎多了些什么，这一点儿估计赵亚君也有体会。但这种感觉上的东西，一时半会又说不清楚。

吉春笑着说："赵会计，这么紧张干什么？今天要谢谢你啦。"

赵亚君坐下关了显示屏，说："我是刚想送税务检查报表给你审阅，见那么多老职工在你那儿，就告诉了谢主席。"说完又把一叠表格递给了吉春。

吉春说："这些资料我下午再看，我要从税收奖里面取五万块钱，你给我办了吧。"

"那你先写个领条，签好字。等会儿我让出纳开支票，转账也可以。"赵亚君说。

"那就直接打我卡上吧。另外再取 12000 块给你们做奖金，我上次说了的。"吉春看着赵亚君说。

"既然吉总发奖金，我就代表财务部的姐妹谢谢啦。吉总今天不会去县城吧？"赵亚君说着，问了一个不着边际的问题。

"下午去县里开大会，有什么事？"吉春有点茫然地问。

二

在公司吃了中饭，吉春没有休息，而是拨通了正在公司评估的市阳光资产评估公司带队人陈清波的电话，并告诉他自己在食堂的紫薇包厢等他。

陈清波已经过了退休年龄,原来在市财政局国有资产管理中心任副主任。退休后,看准了中介服务这一块的市场,以儿子的名义注册成立了这家评估公司。从吉春的角度来看,他们实际上是市财政的御用公司。

陈清波个子不高,戴一副眼镜,人很精干。他一进来,便说:"吉总,对不起了,除了进场时一起开了一次会外,也没有向你汇报。"

吉春倒了一杯水放在陈清波面前,坐下后,笑了笑说:"陈主任,您谦虚了。你们是受市里指派来独立评估的,谈不上汇报。我今天约您来,是想了解一下进展情况,同时也想请教几个问题。"

"从上个月 5 号入场,到现在已经有一个多月。我个人偶尔也回市里,其他三人基本上没离开过。我们的主要方法是看资料,查现场。你们的财务人员素质不错,资料一目了然。当然,你们是国有企业,做假账几乎不可能。现场这一块工作量大,井下巷道工程量核实需要时间。同时,不同阶段成本也不一样。估计春节前可初步完成现场评估。"陈清波字斟句酌地回答道。

"现场评估完成后,出正式结论需要多长时间?"吉春问道。

陈清波自然地掏出一根烟,放在鼻子下嗅了嗅,又放在了餐桌上。沉思了一会儿他回答道:"现场评估后,我们要汇总。像你们这样大的事,我们还要向市里有关领导汇报,同时评估结果是要严格保密的。最早要到明年 3 月份吧。"

"'十二矿'他们那边的评估,会不会出现不同标准的情况呢?"吉春担心地问道。

"按正常的思维,这种情况是不会出现的,因为法律、法规和行业规范都是一致的。但如果出现人为干扰或评估人员重大失误，情况就不一样了。"陈清波小心地回答道。

吉春想：其实陈清波对这件事是很清楚的，但又不愿过多谈论和挑明。一方面肯定有外部压力，另一方面同行之间也有潜规则。但既然谈到这个事了，他就不能不面对。于是吉春试探道："假如他们那边出现人为干扰，怎么办？"

"吉总，这么说吧，他们那边出现人为干扰是肯定的，不然就不会出现由市领导指定评估公司的情况了。而且我也不瞒你说，他们那边派人给我送了红包，我个人是拒绝了，其他几个人我还不敢说收了没有。但你放心，谁收了我都会退掉。我知道这是一塘浑水，我来你们公司后，对你的为人有所了解。我想现在这个社会，像你这样的人很难得，也很敬佩你。我没有你高尚，我不要红包的原因是我有钱，我办这个公司每年赚几十万，我不想砸了自己的牌子。"陈清波有点激动地说。

"陈主任，每个人能守住底线很不容易。要说高尚，我也谈不上，只是守土有责罢了。有时候，我也怀疑自己能否扛下去。"吉春说。

"吉总，对'十二矿'评估的负责人我认识，我帮你了解一下，但不敢保证他说真话。"陈清波说。看来他对吉春还是信任的。

吉春有些感动，他觉得陈清波在商言商，无可厚非，但他毕竟还是在政府部门工作过，良心并未泯灭。

与陈清波分手后，吉春心里轻松了许多。看了看手机上显示的时间，快一点钟了，他随即拨通了司机小王的电话。

下午三点钟，县里召开迎接市全面工作督查准备会，吉春必须参加。市对县进行全面工作年终督查,最终对十三个县(市)区进行排队,事关荣誉和领导升迁,大家都看得很重。县四家主要领导都参会,可见其分量。

大概两点钟,吉春到了县城。他要司机小王回家,自己开车到了一处自动柜员机旁,将银行卡插进去,查了一下,五万元已经到位,心想赵亚君办事够快的。他随即到了建行的一个分理处,取出了三万元。他决定给张利飞两万元,自己留一万元备用。把这件事办妥后,他拨打了张利飞的手机。

"老同学,你是一个机器人啊。"张利飞埋怨道。他正在午睡,意思是说吉春吵了他。

吉春知道同学之间计较不了那么多,说道:"你少啰唆,我马上开车到你家楼下,你下来一会儿。"

见了张利飞后,吉春把这段时间自己的作为简单地告诉了他,并拿出两万元给他。张利飞说:"你真的拿钱给我,见外了。"吉春笑着说:"这钱是我自己的,今后还得请你帮忙呢。"张利飞说:"我就不客气了,正好新房子装修可以救急了,今后有什么事招呼一声。"吉春伸出右手与张利飞握了握算是告别。目送张利飞离开后,吉春长出了一口气。窃听器的事全靠这位老同学,两万元钱并不冤。其实张利飞在自己面前表现得并不贪。

吉春把车开到县委大院,已经陆陆续续有人来开会了。吉春也往会议室走去,除了代会的,大部分都认识,笑一笑,算是打过招呼了。刚进会议室大门,便有人从后面拍了一下他的肩膀。回头一看,是陶学民。吉春便一把抓住他,往里走,边走边说:"'逃学'先生,变压器的事要感谢你啦,什么时候一起吃个饭?"

"行啊,把两个班子都叫上,每人三斤西山米酒,再叫几个美女。"陶学民说。

两人并排坐下来,吉春调侃道:"你什么时候都不忘美女。"见陶学民一身名牌,抽着"软芙蓉",手上戴了一块银光闪闪的手表。仔细一看,表盘是黑色的,表盘有十二道棱,上面嵌有钻石,牌子是"VASTO"。虽然叫不出名字,吉春感觉应该很贵,又说道:"你看你这个腐败分子,穿名牌,抽名烟,戴名表,小心被人家拍了去上网,成为深河的周久耕。"

"周久耕是个蠢宝,他倒台不是因他的腐败,而是他太狂了。其实,这手表,是我上个月过生日,老婆在香港买的,免税后还要三万多,不错吧。"陶学民得意地说。

陶学民说完,左手晃了晃。

吉春不置可否地笑了笑,心想陶学民说的是实情。大家都心照不宣地过日子,不出问题都潇洒,出了问题又都是一个内容,无非是贪钱、贪权、贪色。刚刚陶学民提到"生日",吉春才想起今天是自己42岁生日。不过自己从小到大就没有正正经经庆祝过生日,有不有人祝贺,举不举办宴席也就无所谓。老婆蒋红工作也比较忙,加上天生就是不会浪漫的那种人。记得的时候,会发一个短信或打一个电话,不记得就算了。自己生活也比较简单。一次到广东招商,县里统一请在东莞工作和经商的老乡座谈吃饭,很多人直接就带着"二奶",一个个花枝招展,年轻漂亮,无所顾忌。吉春当时就想,他们这样做,家里如何摆平?所以吉春认为,表面的风光,其实是自寻烦恼。这么多年来,公司那么多美女,吉春从来就没有过非分之想,没事看看书、练练书法也很好。

正胡思乱想着，手机振动了一下。一看是赵亚君发来的："吉总，生日快乐。知道您在县里开会，我们在县城天星歌厅订了吉祥包厢，请您于下午六点钟之前单独前来。赵亚君敬启。"

吉春心里涌起一种莫名的感动，过去当党委书记的时候，业务上接触不多，更不会单独琢磨赵亚君。赵亚君其实不是特别漂亮，可却冰雪聪明。吉春对聪明女人的看法是，她不一定学历高、财富多，但懂得人情世故，不做作，说话做事有分寸，那种气质与自信是从内心焕发出来的。吉春是个感情丰富的人，他最欣赏这类女性，而赵亚君则恰恰符合这个标准。赵亚君一定是约了几个人为自己庆祝生日。吉春决定不再安排任何工作，散会后立即去赴约。于是他回发了一条信息过去："按你的指示办。"

在吉春的印象中，天星歌厅应该是唱歌的地方。当他走进吉祥包厢后，才发现自己的判断有误。这是一个不大的包厢，厅中摆了一张餐桌，灯光明亮。他推门的一瞬间，赵亚君赶忙从一张椅子上站了起来。看来，她做了精心准备，穿了一件纯白的羊毛衫外套和黑色的冬裙，脚穿一双半高的白色靴子，没有施粉黛，脸上却泛着红晕。餐桌中央早已放了一大捧玫瑰鲜花，令人感到春的气息。吉春冲她笑笑，算是感谢，随即问道："人呢？"

"我不是人啊？吉总。"赵亚君调皮地说。

吉春也是聪明之人，随即明白了一切，用手点了一下赵亚君说："你设计骗我。""不这样吉总能来吗？"赵亚君说。看来她今天胆子比平常大。不管怎样，吉春还是感到不自然，单独与女部下一起吃饭还是第一次，特别是在这个特殊的时间。为了避免尴尬，他也在沙发上坐下，问赵亚君道："你怎么知道我过生日？"话一出口，又觉得问得多余,财务有所有员工的信息。

赵亚君果然只是笑了笑,没有回答。

吉春不想再紧张,对赵亚君说:"那小朋友,今天准备怎么安排老总啊?"

"这个歌厅其实是就餐和唱歌两者兼而有之,而且是县里第一家有西餐的。我想请吉总吃西餐、喝红酒,然后在里面的包厢唱歌。小女子歌唱得不好,但为了老总,豁出去了。"赵亚君说。说完,赵亚君站起来,推开了一扇门。吉春往里一看,原来里面有一个特大的包厢,是用来唱歌的。

赵亚君对菜也做了精心安排。除了每人一份牛排外,还有几个冷盘,其中有吉春最喜欢吃的酸辣米椒。

赵亚君先把灯关了几个,室内光线变得柔和起来。她把红酒斟满,然后深情地对吉春说:"吉总,我知道您不喜欢应酬,所以想让您安静一下。我知道您平时太累太累,所以想让您轻松一下。也许还有我自私的一面,就是想单独与您在一起待一段时间。这杯酒我先干了,祝您生日快乐!"

吉春平时很少将喜怒哀乐挂在脸上,压力再大总是一个人扛着,对自己的家人和妻子蒋红也几乎不谈工作上的困难与压力。特别是当了总经理后,正逢资源整合,每个群体和个人都在为自己的利益博弈,而自己则处在旋涡中心,进退两难。吉春甚至想到过辞职,可如果县委、政府不同意,你连辞职都做不到。赵亚君这番善解人意的话,触碰了吉春作为一个男人内心深处最柔软的部分。他像一块冰,在一杯温暖的水里慢慢融化。他站起来哽咽着说道:"赵亚君,真的很感谢你。"说完,把满满的一杯酒一饮而尽。

　　吉春的酒量也不算大,但今天,两人喝完一瓶红酒都没有一点儿醉意。乘着酒兴,赵亚君又打开了一瓶,吉春也没有阻拦。吉春的内心有了从未有过的清朗和兴奋。赵亚君从手包里拿出一个红色首饰盒,递到吉春面前,并挨着吉春坐下,对他说:"吉总,我看你也不戴戒指和项链,便给你选了一个玉观音。男戴观音女戴佛,愿它保佑你平平安安,保佑我们公司平平安安。里面有两条带子,一条红色,一条黑色,你可以轮换着用。"

　　吉春看了看玉观音,是一件精美的挂件,通体呈绿色,色泽温润,反光柔和,知是一块好玉。此情此景下不好拒绝,动情地说:"赵亚君,你就像邻家的小妹。"

　　"那以后私下里我就叫你哥哥,可以吗?"赵亚君说。见吉春接受了礼物,赵亚君也非常高兴。加上喝了酒的原因,她显得更加自如起来。

　　第二瓶红酒喝了一大部分,两人都有点醉意。吉春平日里喝酒是很注意分寸的,倒不是不想喝,而是不敢喝。因为单位的一把手要与那么多领导、部门、职工打交道,不知道什么时候就会有事,喝多了怕误事。

　　赵亚君站起身,把餐桌中央的鲜花捧过来,对吉春说:"哥,祝你生日快乐!"柔和的灯光下她显得娇美异常。

　　吉春接过鲜花,情不自禁地拉着赵亚君的手,充满爱意地说:"好妹妹,谢谢你。酒不能再喝了,我们去唱歌吧。"

　　平时比较大气的赵亚君此时温顺得像一只小绵羊,眼睛里含着无限柔情,在吉春的牵引下,走进了里面的包厢。

　　赵亚君点了一首《蝴蝶花》,这首歌 20 世纪 90 年代初期很流行,按赵亚君的年龄推算,那时她还是个中学生。她唱歌不用看屏幕,一直盯着吉春。

吉春则点了一首《你》,这首歌是前几年热播的电视连续剧《孝庄皇后》中的主题曲。剧的内容吉春记得不多,但这首歌却非常喜欢,词写得好,曲也谱得好。这首歌可以唱出一个男人的豪情万丈,也可以唱出一个男人的柔情千般。

唱完后,赵亚君走了过来,将话筒接过放回原处,对吉春说:"哥,我们跳舞吧。"

吉春很自然地扶起了赵亚君的手,很投入地跳了起来,他盯着赵亚君的眼睛说:"妹,你就是我心中的蝴蝶花。"

"哥,我愿成为从天而降的我。"赵亚君也看着吉春说。

吉春将赵亚君的右手抬高了些许,低头吻了一下她的手背。他明显地感觉到赵亚君的身子颤动了一下。喝了酒的吉春意识却很清醒,他知道,这一步迈出去,就很难收回了……

第十章　冲突升级

一

深河的很多地方都与舜帝有关。

相传，舜帝南巡时来到深河，见此地沃野千里，山川俊秀，百姓善良勤劳，不禁开怀大笑。他骑在仙牛背上，命随从递上七弦琴。他沉思了半会，拨动琴弦，高声唱道："南风之薰兮，可以阜吾民之财兮；南风之时兮，可以解吾民之愠兮。"为民生祈祷的歌声与琴声在深河的上空回荡，百姓无不为之感动。舜帝返回时，又命仙牛留在深河，为百姓耕耘家园。他还在牛的肚子里，留下了丰富的宝藏。仙牛化成了牛背山，牛背山的一侧是深河矿业公司所属的牛背溪采矿工区，另一侧则是后来闻名全国的个体矿区天盘湾。

吉春在邓龙的陪同下，到了牛背溪工区。

采矿、选矿、冶炼是深河矿业的三大主业，20 世纪 50 到 70 年代，基本上是采矿卖矿，比较单一。70 年代有了选矿，80 年代后有了冶炼。牛背溪工区是深河矿业最重要的部门，百分之七十的原矿要从这里开采。

换上了工作服，吉春在邓龙和几个副主任及技术员的陪同下，首先到了 460 巷道口。

有色矿山的巷道的代号,一般是以其所处的海拔高度命名的,这样叫简单明了,容易记。到了巷道口,吉春便对其他几个人说:"你们先往前去,我跟邓主任说几句话。"

几个副主任和技术员鱼贯着往前走去,巷道里响起一阵回音,有节奏地渐行渐远。

"邓龙,上个星期安排的事,落实了吗?"吉春单刀直入地说。

"吉总,对于黄氏兄弟的主要社会关系,我们了解的是他们在村里做人不怎么样,不是很得人心。在单位和社会上主要是靠金钱开路。但现在与黄一谈恋爱的那名男子,就是朱更力的亲侄子……"邓龙说。

"什么?"吉春打断了邓龙的话。

"朱更力的侄子叫朱进,与黄一是大学同学。黄氏兄弟非常卖力地想促成这件事,朱公子也追得很紧,但黄一好像态度不明朗。"邓龙进一步解释说。

吉春若有所思地点了点头,示意邓龙继续说下去。

"在黄氏兄弟的井下,确实有一台大功率的柴油机,他们采取晚上作业的方式,尽量不让人发现。县整治组里也有人给他们通风报信,所以基本上没有查处。他们的掘进方向就是我们 460 巷道这一块,目的是越界,制造纠纷,然后从中牟利。"邓龙说。

"如何取得证据呢?"吉春问道。他心里清楚,如果像邓龙所说的那样,直接报告政府部门,等于是通知聚宝矿。

邓龙狡黠地笑了笑,对吉春说:"我派了一个师傅伪装成推销柴油机配件的,到了天盘湾,给了聚宝矿开柴油机的师傅 200 块钱,混到他们井下录了像,录了音。但灯光太暗,录像效果不是很好。"

吉春不被察觉地笑了一下,心想这邓龙办事有点脑子。

"另外,对于那个打我手机的电话号码,我们去核实了,是县城十字路口一家水果店的。店主对打电话的人没有印象,因为时间太久了。"邓龙又说,把吉春交代的三件事全部汇报完。

"电话的事我估计是一个圈套,后果怎样,有待时间检验。因为有人在我办公室装了窃听器。"吉春告诉邓龙说。

见邓龙吃惊的样子,吉春笑道:"别紧张,已经处理好了。"

有色矿的巷道,与煤矿比起来,宽敞得多,干净得多,也安全得多。特别是国有矿,通风、排水、照明一应俱全。吉春与邓龙走了约五十分钟,来到了一处比较宽大的地方。这是 460 巷道斜井的入口,入口处有鼓风机,远处还有台转扬机。

"平巷打了多少米了?"吉春问邓龙说。

"估计在 460 米左右。"邓龙回答道。

"我要的是准确数据。"吉春严厉地说。

邓龙有点尴尬,但牛背溪工区的技术员马上接了上来说:"吉总,斜井的设计长度是 300 米,垂直高度 140 米。平巷上个月 30 号验收时是 413 米,这个月前 18 天打了 42 米。我们是两天三槽炮作业,昨天晚上打了一槽炮估计在 1.5 米,总数应该是 456.5 米,误差不超过 1 米。"

"按这个数计算,你们一槽炮的平均进度也就是 1.5 米左右,不是很好。这个工程事关我们对新采区的完全控制,必须加快进度,我敢肯定聚宝矿就是冲着这个矿点来的。"吉春严肃地说。

邓龙知道，作为老总的吉春一般是不会发脾气的，这样说话已经算是很重了。460巷道的斜井，是深河矿业在探明了区划内一个约十万吨储量的锡原矿矿体后采取的一道保护措施。说白了，就是在这个矿体的上下左右打出巷道，防止天盘湾个体矿越界开采。其实搞企业也像打仗一样，既要有战略思维，更要有战术安排。在这一点儿上，邓龙是非常佩服吉春的。工作那么忙，压力那么大，看不出他有丝毫慌乱，每个月开例会，总是气定神闲，举重若轻。

"吉总，我看我们可以做到一天两槽炮。"邓龙拍着胸脯说。

"首先要解决通风问题，平巷进来有2000多米，再加上斜井，通风肯定不畅。我建议你在斜井口再加一台鼓风机，我看了一下巷道宽度，放在右边不会影响施工。"吉春发现了问题的症结，提醒邓龙说。

邓龙马上叫上一名副主任，要他返回工区，落实此事。

"不管怎样，安全必须保证。"吉春边说边向斜井走去。

在矿山企业，一般都坚持"采掘并举，掘进先行"的原则，这一点，国有企业坚持得较好。对于原矿，也是贫富兼采，而不像有的个体矿山"嫌贫爱富"，杀鸡取卵，期望一夜暴富。设计这条斜井，吉春他们是经过认真考虑的：从460巷道入口一共有2000多米，然后打300米斜井。斜井尽头处有一处小矿体，从这一矿体右边再拉一条500米的平巷，就到了天盘湾交界处。平巷所处的标高，正是聚宝矿巷道的高度。假如聚宝矿要越界，必须通过这一带。自己抢先围住了，他们再打过来，最多只能打穿巷道，而不能再前进。假如他们先打过界，再让其退出，那就会有扯不完的麻烦，特别是在整合方案没有定下来的敏感时期。所以吉春表面冷静,内心还是很着急,希望邓龙他们加快进度。

在平巷的掌子面,几名工人正在工作,有人在用钢钎清理放炮后震松的石块,有人在往石方上喷水,巷道里还有一股淡淡的硝烟味。

做完这道工序,下一步就是清运石方了。

吉春记得1990年自己大学毕业分到深河矿时,在井下锻炼了两年才出地面到技术科。风钻工、运输工、抽水工、卷扬工都干过,劳动强度之大,常人难以想象。第一次下井,非常害怕,总有一种被吞噬的感觉。

"已经看到了明显的成矿带,进度还是慢了,你看这里⋯⋯"吉春仔细观察,指着上一槽炮留下的一段空炮眼说。

顺着吉春的指向,邓龙明白了,上一班打钻的炮眼也许有两米深,但放炮后还留下一段,就意味着炸药没有发挥最大威力。在矿里,最好的放炮工是将炮眼全炸完,还可往前冲一窟窿。

邓龙知道吉春什么都懂,检讨说:"吉总,我们想得不细,没有一环扣一环。"

"不是你们想得不细,而是你这个当主任的太容易满足,到现场指导太少了。你看,这一当头面明显有几处渗水,由于量不大,你们忽视了。炸药没有做防水处理,稍有不慎浸湿了,效果肯定不好。"吉春一针见血地指出道。

井下的灯光不太明亮,还是可以看见邓龙脸红了。他知道吉春是为自己好,谦虚地说:"吉总,我们会马上改正。今天通风和放炮存在的问题被你指出来后,我们有信心提前完成任务。"

"要把工作想得复杂些,安排细一些。走,我们去 258 巷道看看。"吉春说。他觉得在此待久了,会影响工人们劳动,提议道。往斜井出,一步一步往上爬,非常耗费体力。加上空气不好,不一会儿,吉春便大汗淋漓,气喘吁吁。

258 巷道可以说是深河矿业发展的历史见证,它是深河矿业的第一条主巷道,至今已有 50 多年历史。吉春在巷道口处站立良久,伸手捧住从一侧流下的山泉,喝了下去。然后对邓龙说:"1990 年,我 23 岁,参加工作第一次上班,就是从这里开始的。"

"听说吉总的爱情也是从这里开始的。"邓龙问道。

"这个事,深河矿业的人都知道。"吉春笑着说道,边说边进了巷道。走了大约 2000 米,来到了"大礼堂"。"大礼堂"是深河矿业人亲切的称呼。它实际上是开采原矿过后形成的一个巨大采空区。高有 50 多米,长宽各七八十米,气势恢宏。

"当年,谢主席她们的女子掘进队就是在这里一举成名的。"吉春赞叹道。

"谢主席好多地方都值得我们晚辈学习。"邓龙接过话说。

"那么多高品质的原矿,当年几十块钱一吨就卖掉了。没有科技支撑,就是吃亏啊。"吉春有感而发地说。

邓龙也没说什么,而是跟着吉春向巷道深处的一个水平钻作业点走去……

从 258 巷道出来,刚到井口,手机便不停地振动起来。吉春打开一看,全是电话无法接通传过来的短信,所有号码都是李会的。其中有一条是李会用文字发过来的:"谢主席家遭围攻速救"。连标点都没有,一看就知道是紧急情况下发出的。

吉春不禁怒火中烧，顾不得更多思考，马上对邓龙说："谢主席家遭围攻，现在情况不明，我先赶回去。你马上组织所有不上班的职工，戴上矿帽，拿一些棍棒，用班车带到总部，保护谢主席。"

二

吉春非常着急，心情无法用言语来形容。他恨不得生出一双翅膀，从牛背溪工区飞到总部，飞到谢玉娥家中。

虽然只收到一点信息，吉春已经判断出以黄氏兄弟为代表的利益集团，决心孤注一掷把事情挑明，要真刀真枪和自己干了。由于不在现场，吉春无法知道事情的真相，他打消了向县领导汇报的念头，一切等到了现场再说。

公司老家属楼这块本来就不是很宽敞，吉春远远地看见前面乱哄哄的。车子已经无法前进，便叫小王把车停了下来。自己径直往前走去，小王也很机灵地跟在吉春后面。

见吉春来了，人群中有人说："吉总来了，快让开。"马上有更多的人看见了吉春，大家自发地让出一条路来。

吉春神情严峻，他打头来到谢玉娥家。亲临现场，吉春才感到问题比自己想象的更严重。谢玉娥家里一片狼藉，客厅里茶几被打烂了，水果被踩得稀烂，地面也非常脏。她丈夫坐在门外地上，衣服被扯烂了，头发凌乱，额头有一处伤口正在渗血，赵亚君等人在一旁为他擦拭伤口。远处，谢玉娥、李会、公司一些职工正与黄氏兄弟一班人对峙着。公司的一班老职工全躺在地上，堵住了两辆车的出路，一辆丰田霸道，一辆东风货车的前轮被放了气。吉春心里涌起热流，他既感动，又愤怒。感动是因为看到了员工的坚强与团结，愤怒是因为没想到黄氏兄弟竟会如此嚣张。

"吉总，不能放过他们啊。"躺在地下的石滔哭诉道。

"吉春，他们表面上拿我开刀，实际上是对我们深河矿业宣战。"谢玉娥一边对吉春说完，随即又指着黄氏兄弟一家人说，"黄军海，黄军洋，既然你们来明的，我就实话对你们说，你们要想入股我们公司，除非你们从我身上踩过去。"远处，黄氏兄弟，还有朱进非常紧张地站在自己的车旁边，一副急于脱身的样子。

吉春还是没有说一句话，他已经对事情的经过有了初步了解：黄氏兄弟通过窃听以及其他方式知道谢玉娥是坚决反对"十二矿"入股的，她在职工中的影响力和号召力非常大，所以试图对谢玉娥进行威胁。趁自己不在公司，他们便组织人到谢玉娥家寻衅。他们以为可以轻而易举地达到目的，然后扬长而去。没想到谢玉娥会与他们针锋相对，老职工会自发地组织起来维护谢玉娥，他们已经跑不掉了。

想到这里，吉春有了主意，他心里清楚，必须把黄氏兄弟的气焰压下去。估计邓龙他们也应该到了，邓龙到了后就给他们一点儿颜色看看。吉春先叫住谢玉娥和司机小王说："大姐，这里的事你不要管了，先用我的车送姐夫去医院检查一下。到医院后直接找我爱人，赵亚君也一起去，帮一下忙。"吉春心想，即便要打架，也要把女的、老的都支开。

随即，他又走到躺在地下的那些老职工身旁，蹲下身子说："石师傅，我非常感谢你们，今天的事一定要有个说法，他们已经走不了了。地上冷，你们起来吧。"

"不抓住他们,我们不起来。"老人说。

"我保证不让他们走,叫公安局来人把他们抓起来。"吉春说着,泪水夺眶而出。

老职工见吉春哭了,知道他也是为了自己好,就一个个站了起来。

做完这些事以后,吉春没有去理会黄氏兄弟一家人。见谢玉娥一行开车走了,微微吐了口气。先是把李会叫过来,要他拨打第六派出所的电话报警,估计李会他们没见过这样的阵势,报警是必须要做的事。然后掏出手机拨通了刘云的电话。吉春在与刘云的通话中,语气急切,刘云半晌没有说话,吉春也不知道他听清楚了没有。正在犹豫当中,刘云说话了:"吉春,这件事非同小可,现在是非常时期,你要做好以下几点:一是稳住你们的职工,不要让事态扩大,特别是要保护好双方的人身安全。二是要向县委周书记汇报,不能让他产生误解。三是事后要开好班子会,分头下去做工作。"

"刘县长,公安那边……"吉春问道。

"公安那边我会与政法委胡书记联系,你不用操心。有什么新情况再向我汇报。"刘云说完,"啪"的一下挂掉了手机。估计也是事多。

把这些事安排妥当,吉春才走到了黄氏兄弟跟前,用鄙夷的眼光看着他们。

"吉总,请你不要把事情搞大了。"黄军洋双手抱在胸前,一副无赖相地说。他身后还有十几名拿着木棍的人,估计是请来的打手。

"黄军洋,是谁把事情搞成这样,你心里最清楚。今天,你们不给个说法,谁也别想走。"吉春语气坚定地说。

站在黄军洋身旁的朱进用手指着吉春,蛮横地说:"吉春,今天不快点把我们放走,你这个老总也别想干了。"

看着这个仗势欺人的家伙,吉春怒火中烧。他也伸手指着朱进,讽刺道:"亏你还读了什么大学,还留过学,我这个老总当不当,就连你叔叔都决定不了,何况是你。即便是不当这个老总,老子今天也不会放过你们。"

正说着,吉春的电话响了。一看,是周小豹的。

"吉春,听说你们把黄军洋他们围住了,请你们立即放人,市委朱书记在过问此事。"电话那头,周小豹语气直截了当,不容商量。

吉春知道,市里领导已经给周小豹压力了。他并不是不了解情况,而是不允许在市里考核班子之前出现麻烦,特别是一个市委常委的亲戚出问题。

对周小豹的口气,吉春十分反感,但又不能发作。他强压怒火,高声说道:"周书记,是他们带人打伤了我们的员工,现在还在现场,请你向朱书记汇报,如果不对他们采取措施,事情就解决不了。"吉春有意让周围的人都听见。

电话那头稍停了一下,周小豹的语气有所缓和,他说:"吉春,我知道你有苦衷。但你必须做通工作,同时要保证他们的人身安全,出了大事谁也负不起这个责。"

"周书记,这一点我清楚。"吉春说。

"那就这样。"周小豹说完,挂了手机。

估计是朱进向他叔叔求救,采取了恶人先告状、颠倒黑白的手段。

吉春回头望了望身后的职工,更加坚定了与黄氏兄弟斗争的信心。

就在这时,邓龙带领着员工赶到了。他们全都戴着矿帽,手里拿着钢钎,有的脸上还留着矿尘粉末,显然是刚下班就跟来了。一共来了三十多人,而且是清一色的青壮年男子。吉春本想叫邓龙安排人把两台车的挡风玻璃砸掉,但县里两个主要领导都打了招呼,而且事情闹大了确实难以控制,便打消了这个念头。

"吉总,怎么办?"邓龙来到吉春身边,一副跃跃欲试的样子。

"把他们看住,等派出所来人,一个也不能跑掉。"吉春吩咐道。

不一会儿,第六派出所所长小郭带着四五名干警赶到了。只有他们来了,事情才好收场。小郭先跟吉春握了手,简单地了解了一下事发经过,然后走到黄氏兄弟跟前,对他们说道:"黄老板,你们也太过分了,跑到人家家里来打人。你看看这形势,要是遇到不讲理的,恐怕你们不死也要伤了。你们三个为头的,还有行凶打人的,都跟我去派出所。"

"你算老几!我们不去派出所。"朱进傲慢地说。

"你又算老几,不去也得去。"小郭不认识朱进,对他严厉说道。

小郭说完便带着两名干警去拉朱进。朱进趁小郭没有防备,伸出脚踢向了小郭的胸前,小郭被踢得退了两步。吉春见他如此嚣张,冲上去给了他一巴掌,把他的眼镜也打掉了。朱进还想冲上来拼命,却被两名干警拦住了。

吉春此时找到了一个切入点,高声对邓龙说:"邓龙,他们袭警,你带领所有员工把他们控制住,协助警察把他们送往派出所。"

在这一点儿上,黄军洋兄弟比朱进聪明多了,他们知道,只有去了派出所,才可以离开深河公司家属区,才可以全身而退。所以他们表现得很配合,脑子里却在打别的算盘。吉春呢,此时也希望尽快把事情平息,已经是下午两点钟了,很多人中饭都没吃。派出所来人了,是给员工最好的交代。

一番折腾,现场终于平静了,员工陆续散去。吉春才感到肚子饿得咕咕叫了。身边也只有邓龙、李会和一些员工。他先是对邓龙说:"邓龙,你要马上赶到工区去,生产这块要抓紧。另外,今天的事跟职工讲清楚,没有什么大不了的。"

邓龙转身走了。他又对李会说:"走,我们去吃盒饭,怎么没看见其他领导啊?"

"唐刚副经理在冶炼厂,吴国成书记在县里参加培训,只有黄副总不知道干什么去了。"李会说。

"估计又在县里的茶楼里搞赌博,总有一天会出事的。你打电话叫小王把车开上来,我们去县里看一下谢主席,另外,争取晚上在县城找个地方开一个党政联席会。"吉春说。

吉春与李会找了一家小餐馆坐了下来,吉春要了一杯茶,李会则去点盒饭。事情处理告一段落,吉春内心却平静不下来:自从当了公司老总,围绕天盘湾资源整合,处理各种关系,解决各种问题,与黄氏兄弟斗争,一天都没有停止过,压力来自各个方面。特别是市纪委书记朱更力,很明显要插上一脚,而黄氏兄弟借助这一保护伞有恃无恐,形成了一条完整的利益链条。县里主要领导特别是县委书记周小豹的态度一直向着"十二矿",主要是希望朱更力为自己当副市长说话。内部还有黄顺成在捣乱,他巴不得出问题,一小部分职工也跟着起哄……这所有的一切,让吉春感到很无助,真不知道有什么办法走出困境。吉春微微叹了口气,想到自己面临如此压力,却还要不停地工作、工作,甚至连考虑个人得失的时间都没有,不免有些酸楚。

但是吉春却又是一个对工作极度负责的人,这么大的一个摊子,上千职工的期盼,让他没有时间去想自己的委屈。任何时候,自己都必须坚强、自信、勇敢。

稍平静后,吉春拨通了谢玉娥的电话。谢玉娥在电话里告诉他说:"已经到了医院,大夫检查了一下,没有什么大问题,在医院观察一天,争取明天回去。"吉春则把晚上想开会的意思告诉了她。

随后他又打通了刘云的电话,把事情处理情况简单作了汇报。周小豹那里,吉春不想再打电话。他想,周小豹应该早向朱更力汇报了。

第十一章　凝心聚力

一

吃完盒饭，吉春与李会在回公司的路上边走边谈。

"李会，今天是不是很紧张啊？"吉春说。

"是的，得知消息后，我就到了现场，从来没见过这样的场面，头是晕的。"李会有点自责地说。

"你别不好意思，我们也是一步一步走过来的。遇事不要慌张，我今天到牛背溪工区，你是知道的，联系不上我，你就可以直接打电话到工区值班室，这样也许要快得多。"吉春说。

"一紧张，脑袋里面都是空的，什么都忘记了。加上领导不在，更没有主见……"李会答道。

吉春对李会还是很欣赏的，工作主动、负责，言语不多，但考虑问题欠全面，多多历练，自然会成熟起来。他对李会说："我没有责怪你的意思，像这种事，迟早要爆发，我们都要有思想准备。"

李会点了点头。

回到办公室，吉春在办公桌前坐了下来，他靠在高背椅上，闭上眼睛。他不是想休息，而是要好好理顺一下思路，思考下一阶段的工作,以便晚上的党政联席会上决策。首先要在元旦前开一个全体离退休老职工座谈会,这是上次老职工来找他时定下来的。今天出了这事,更有必要开了。时间定在 12 月 31 日上午比较合适,当然还要看县里有没有大活动。另外,全年工作也要好好总结一下,同时明年的大致工作也要研究。还有就是几个具体事情:一个是去税务部门衔接上次税务稽查结论以及支持地方经济建设资金列入成本一事。一个是去县妇联衔接申报全省巾帼文明岗的具体安排,已经与县妇联肖雅主席联系过,争取元旦前去一次市妇联。还有一个就是要找一下吴国成,了解一下他对黄顺成入股一事调查得怎么样了……

想着想着,竟有了睡意,他实在是太困了。但想到马上要去县城,他又站起来,活动一下身子,到卧室洗了把脸,消去了睡意。

刚从卧室出来,有人在敲门,门并没有关,一看是赵亚君。

"哥,我们回来了。小王在广场上等你,谢大姐还在医院,姐夫没有什么大问题,我就上来了,你没什么事吧?"赵亚君一口气说了几件事。在没人的场合,赵亚君改口叫吉春"哥"已经有几回了,吉春心里暖暖的。

"你没吓着吧? 今天可是蛮勇敢的。"吉春说。对这个小妹妹,吉春与她不再纯粹是上下级关系。只要两人单独在一起,他便不由自主地涌出发自内心的关怀。

"这些人也太不讲道理了。"赵亚君说。

"在绝对利益面前,你希望狼把到口的肉让给你,可能吗?"吉春有意放松地说。

"那你自己也要小心一点儿,他们什么事都做得出。可惜我不能帮你什么。"赵亚君自责道。

"我会注意的。"吉春明显感到了赵亚君的无限柔情,很想上去把她搂在怀里,但想想这是办公室,便控制了情绪。他说:"谢谢你,把工作做好了,就是对我最大的支持。我们不说不愉快的事了,等会儿你跟我一起下去,到税务和妇联去一下。"

"好的,县妇联那里,我去过几次。他们说,凡属申报全省巾帼文明岗的,部门负责人要去省里培训,我怕没时间,也没向你汇报。"赵亚君说。

"这个可是上半年定下来的,这几个月我事多,过问得少。培训这事如果推不掉,挤出时间也要去,好不容易走到这一步了,不能放弃。争取明年 3 月份能挂牌,这也是公司的荣誉。"吉春鼓励道。

"好的。"赵亚君转身要走。吉春突然想到什么,又叫住了她,说:"妹,稍等一下。"

吉春从抽屉里拿出程继亮给他留下的信封,走到赵亚君跟前,郑重其事地说:"妹,这是份很重要的资料,我也不知道里面是什么。今天出了这事以后,我预感到总有一天市里的势力会对着我来。这东西放在我这里倒不安全,你把它妥善保管好,任何人都不能知道。"

赵亚君接过信封,严肃地点了点头,然后慎重地把信封放进手包里。

下午,吉春带着赵亚君首先来到了县地税局。一出电梯,二人就遇上稽查大队大队长,彼此都比较熟,两人握了手。大队长说:"吉老总,好久不见,今天亲自带美女出门啦。"吉春笑着说:"你老弟是过神仙日子,快过年了,有几个事来找你和你们林局长。"

"哎呀,你还不知道吧,我们林局长要调走了,接任他的是市局企业科下来的侯局长。"大队长说。

"这么快呀,我们消息太闭塞了。"吉春自我解嘲道。

"也就这两天的事,现在两人到市局谈话去了。走吧,吉总,先到我办公室喝杯茶。"大队长边说边热情地拉着吉春往自己办公室走。

"我们地税部门呀,五年换了三个局长,不是市里下来,就是邻近县交流过来,本地人根本没有份。"大队长给两人倒了茶,发起了牢骚。

"老弟,凭你的才干,进局班子应该没问题,估计快高升了吧?"吉春试探着问道。

"老兄,不瞒你说,这次我是副局长的考察对象,但还要等些时候。"大队长跟吉春直来直去。

吉春马上站起来打拱手道:"老弟,提前祝贺你了,有什么用得着的地方就告诉一声。我跟小赵来,就是想问一问你们上次检查的结论和我们支持公益事业资金列入成本一事。"

"吉总啊,您是吉人自有天相,这两个事今天我都能给您答复。税务稽查的事结论基本出来了,主要是两年少算了工会经费二十余万元,工程预付款有几笔没有按规定开税票,都不存在处罚问题,所以也就没有过多麻烦您了。你们向县政府写的报告,刘县长批给了林局长,林局长又转批给了我。"大队长自信地说。说完,他站起身来到办公桌上找出了那份批文。

吉春看了看,刘云批的是"请地税局林局长阅处,按法规执行"。林局长批的是"请稽查大队查实具体数目,交局务会研究"。揣摩了一会儿,他对大队长说:"老弟呀,那就还得靠你多说话了。"

大队长接过文件,对吉春说:"吉总,侯局长刚来,年前这个事要落实,基本上我说话还是有分量的。不过,我的意思是把数额定在 200 万左右,一方面体现我们工作扎实,另一方面你们还是得了大头,在会上也好通过。"

听了这话,吉春问赵亚君道:"你觉得怎么样?"

赵亚君说:"我们的数是准确的,但少一点也说得过去……"

吉春马上接过话说:"那就按大队长的意思,减去几笔,把总数定在 210 万元左右。"

临走时,吉春对大队长说:"老弟,谢谢你,春节前再来给你拜年。"

离开地税局,吉春与赵亚君又来到了县妇联。县妇联办公室在县委办公大楼一楼,妇联主席肖雅只有 37 岁,已经当过两个乡的乡长,一个镇的书记了,是县里重点培养的副处级后备干部,明年换届肯定进班子。肖雅的办公室不大,但布置得一尘不染。窗前挂着一瓶吊兰,茶几上一只高腰玻璃瓶插着几株盛开着的香水百合,办公桌除了一台电脑显示屏和一盆小仙人球外,竟无一杂物。吉春每次见了都暗暗称奇:肖雅真是一位有心人。

"吉老总生意越做越大,把我们妇联这小部门给忘记了吧?"肖雅一边与吉春握手,一边揶揄道。

"肖主席的办公室跟肖主席的人一样漂亮,哦,说错了,应该是肖主席的人跟肖主席的办公室一样漂亮。"吉春没有正面回答,也打趣道。

"吉老总,你这个文化人出漏了吧,我可是有血有肉有感情的人,怎么能跟办公室相比?你是故意损我吧。"肖雅趁势反击一下说。

"呵呵,对不起了,拍马屁拍在马腿上。几个月没来了,正赶上多事之秋,上午还有人去公司打架,真够烦的。"吉春对肖雅拱了拱手说道,算是玩笑就此打住的意思。

"你那一摊子事,我们也多少知道一点儿,太难了。所以我很少去打扰你,有事就直接让办公室跟小赵联系了。不过这申报省巾帼文明岗的事,竞争很激烈。我的意思是我们一起去市妇联衔接一次,把材料补齐,同时要把赵亚君去省里培训的事定下来。培训是一定要去的,不然肯定过不了关。"肖雅说。

"如果是元月初去,正赶上年终决算,财务这块事也较多。"赵亚君插话道。

吉春沉思了一会儿,说道:"肖主席的意见很好,申报了就要想办法成功。去市里最好是明天下午去,另外如果是元月六日去培训,就让财务室的同志加班尽快把账做完,报表做出来后再发邮件给你,你利用培训的休息时间审核,再发回来,时间便挤出来了。反正只有一个星期,基本上不会耽误。"

"还是吉总厉害,三刀两剁就把问题解决了。要是明天下午去,我等会儿就向市妇联周主席汇报,约她明天晚上一起吃晚饭。怎么样?吉总,晚上就我们请你吧。"肖雅说。她又回到轻松状态。

"晚上我们要开一个党政联席会,吃饭就免了吧,小赵要留下,你再指点一下她。另外是不是准备一些礼品去市妇联?"吉春说。

"带点冰糖橙就行了,市妇联九个人,每人两箱。再给周主席带点云雾茶,她蛮喜欢。"肖雅说。

"那就由赵亚君去准备一下吧,明天我的车上和肖主席的车上各装一部分。"吉春对赵亚君吩咐道。说完,他们与肖雅握手道别。

出了门,吉春拨通了吴国成的电话。接通后,吴国成在电话那头说:"吉总,我正要找你呢。黄顺成在茶楼搞赌博被市作风暗访组抓住了,说要我去县纪委接人。黄顺成说他是由单位安排在搞招商引资与外地朋友娱乐,不是赌博,纪委说要单位出证明。""他妈的,这个狗老二,工作不做,出了问题还要单位来挡着,你现在在哪儿?"吉春问。"我刚从党校出来,准备去纪委。"吴国成回答说。"我想去纪委了解情况以后再向你汇报,你就打电话来了。"随即,吴国成又补充了一句。

吉春告诉吴国成说:"先不要去纪委,你到开发区的小游园等我。"

十分钟后,吉春见到了吴国成,吴国成在车外等他。外面风很大,吹得他脖子一缩一缩的。吉春让小王把车停下并下车,然后把吴国成叫到自己车上。

"黄顺成经常在外面打牌,而且出入上万,我多次跟他谈过,他就是不听。出了事责任在他自己,我们不能违反原则去保他。"吉春严肃地对吴国成说。

"对他这种行为我也很反感,他平时根本不把我放在眼里,出了事就知道打电话给我了。"吴国成愤愤地说。

吉春想了想说:"像他这种人,迟早是要出事的,我最担心的还是他与黄氏兄弟勾结的问题。纪委那里我打个电话给雷宏书记,请纪委按规定处理,该通报就通报,该处分就处分。还有就是上次让你去调查他入股的事有不有什么消息?"

"你这样处理等于是为我挑了担。对于他入股的事,我通过多方打听,算是有了一点眉目。黄顺成是以他妻弟的名义入的股,股金是 60 万元,前几年每年分红在 100 万元以上。据了解还有一些领导和权力部门的负责人、办事员也参了股。最原始的资料由黄军洋一人掌握,现在则交给了他女儿黄一,但谁也不知道她把资料藏在哪儿。"吴国成把知道的情况一五一十地告诉了吉春。

"你能掌握这些情况已经很不容易了,直接证据确实很难拿到,但天不藏奸,总有一天会出来的。"吉春说。他感觉到因为黄顺成、黄军海、黄军洋、朱进等人的狂妄与愚蠢,形势正朝对自己有利的方向发展。

二

由于黄顺成出了事,吉春与吴国成商量,取消了晚上的党政联席会。两人一起去医院看望了谢玉娥两口子。

在医院,吉春把自己对近段时间工作的思考以及未来的初步设想给两人简单地说了一下。谢玉娥、吴国成也没有多说什么,可能有些事还要琢磨一下才好提出具体意见。

与吴国成分手后,吉春给蒋红打了一个电话,告诉她自己会回去吃晚饭。虽然今天经历了一场风波,但黄顺成被作风暗访组查处一事,却让吉春有了意外收获的喜悦。最起码,黄顺成想当党委书记的事没那么顺畅了。所以回家上楼的时候,他感觉步子特别轻快,竟然吹起了口哨。

"吉老板,中奖了?"听见吉春开门还吹着口哨的声音,蒋红在厨房里说。

"老婆,不是我中奖了,是别人中了,我在为他高兴呢。"吉春笑着说。

蒋红从厨房里出来,说:"你们公司出那么大的事,谢主席她爱人都受伤了,你还高兴?"

"你不知道呀,谢主席她爱人没事了。那些人越疯狂,说明他们越没底气。"吉春先打开电视机,然后在沙发上坐了下来。

"不管怎样,你还是注意一点儿,我担心他们会找你的麻烦。"蒋红说完又进了厨房。

吉春跟了进去,说:"躲是躲不过的,自古邪不压正,没什么好担心的。"

"唉,我担心又有什么用。我爸爸从医院回去了,我想跟你商量一下,把他接到家里来住,尽量让他少出门。另外,交警那边你也该问问,有没有什么线索?"蒋红边干活,边说。

"老婆大人,接老人家来住,我没意见,但你最好是跟他商量一下,把他闷在家里,不让他去打牌,不生病才怪。他身体好,不用我们操心,说不定还会给你带回一个新妈妈呢。"吉春开起了玩笑。

"你这个痞子……"蒋红骂了一句,便不理他了。

晚饭后,吉春打了两个电话。一个打给雷宏,告诉他黄顺成被查的事与公司的公事无关,实际上吉春希望对黄顺成的处罚越快越好,越重越好。一个打给交警大队处理岳父被撞案的民警,得到的答复是无牌无证很难查,有几个目击证人,但肇事者戴着头盔,没有人看清面目。吉春只得苦笑作罢。

原本想与老婆一起去散散步,但天空飘起了小雨。冬季天又黑得早,他便打消了念头,索性认真看起电视来。

晚上睡觉的时候,吉春做了一个梦。梦见自己开着车在山路上跑,车上坐着赵亚君。黄顺成骑着一匹白马,舞着一把尖刀,在后面追自己。他手里还拿着手机,不停地拨打自己的手机……

吉春被惊醒了,却听见自己的手机真的在响,抓过来一看,是县委值班室的。电话那头说:"吉总,我是县委值班室老张,你们公司来了几十位老职工,开了一台大巴车,把县委大门堵住了。周书记已经知道了,请你马上来处理,县里的领导马上会来。"老张是一名退休干部,县委办专门请他值夜班。

吉春看了一下时间,才七点过一刻,天刚蒙蒙亮。没想到又出了这么大的事,他顾不得多想,马上拨打了司机小王的电话,然后起床洗漱去了。

赶到县委办公大楼时已是七点四十。吉春被眼前的景象吓了一跳:几十名老职工立在寒风中,打着两幅大的横幅标语,一幅写着"严惩打人凶手,保护职工生命",一幅写着"坚决惩治腐败,维护合法权益"。公司接送员工上下班的班车停在边上。张利飞带着几名干警站在一旁,另外还有几个干部模样的人,估计是两办或信访局的。

见吉春来了,老工人围了过来,一个说:"吉总,昨天打人的那些人,刚到派出所,就被放走了,一个都没有处理,你知不知道?"一个说:"我们不怕打,不怕抓,这个事不给个答复,我们就天天来。"还有人在人群中喊道:"吉春,你不能当卖国贼呀!"

听见老职工这样说,吉春心里一惊:第六派出所敢这样做,事情恐怕没那么简单。他对老职工摆摆手,真诚地说:"老师傅们,这事我真的不知道,但我会马上问清楚。天比较冷,大家先坐到车里去,把空调打开,好不好?"

"不见着县领导,我们不上车。"石滔说。

"石师傅,县领导已经知道此事了,你们先不要激动,把情况搞清楚了再说。"吉春抓住石滔的手说。

"吉春,你的话我们是信的,可事情就这样明摆着,我们心里没底啊。"石滔动情地说。

吉春向张利飞走去,把他拉在一边,小声地问道:"真的放了?"

张利飞微微点头,说:"市纪委的头头打了电话给县里的老一,老一打了电话给我们局的老一,就这样放了。"

"那叫我们怎么做工作? 他们一句话就行了,我们呢?"吉春说。他心里愤怒起来,说着拨打了李会的电话,让他马上通知谢玉娥,一起到现场来。

张利飞说:"只能看着办了,最好让老师傅们不要冲动,以免局面失控,让警察出面,大家伤了和气。"吉春刚说:"这个我有把握……"见周小豹过来了,与张利飞一起迎了上去。周小豹铁青着脸,对围过来的老职工全然不顾,冷冷地对两人说:"上我办公室来。"

吉春转身朝老职工做了个暂停的手势,径直跟在周小豹后面走去。

周小豹办公室里,办公室主任罗万马、信访局长等人早到了。周小豹把公文包往桌上一扔,转身对吉春厉声问道:"吉春,你说说,怎么会发生这样的事? 嗯?"

"昨天,第六派出所带走了几个打人凶手,结果不久就放了,这件事我也是刚知道的。"吉春说。

"你们的人也砸了人家的车,放了人家车的气。"周小豹不依不饶地说。

此刻,吉春的心比外面的天气还冷。他把心一横,凛然说道:"周书记,这些人做了什么,你应该清楚。他们在光天化日之下主动挑起事端,打伤人,还打了派出所的干警,这些我们可以作证。如果他们得不到应有的惩处,谁也没有办法做工作。这么冷的天,我们有的职工已经快八十岁了,他们难道是为了个人?"

说到这里,吉春哽咽起来。

谁也没有说话,办公室的空气仿佛凝固了,出现了一阵短暂而难堪的沉默。

在吉春这番话的冲击下,周小豹也冷静下来。他把声音降低,缓缓地说:"不管怎样,总不能一有问题就搞集体上访吧。"

见气氛缓了下来,罗万马立即说道:"周书记,看这样行不行,朱进打警察的事,没有什么伤,道个歉就算了。黄军洋兄弟那里呢,一是要赔偿医药费,二是那几个动了手的也拘留一两天,好给职工们一个交代,吉总也好做工作。"

也许觉得罗万马说得有道理,也许不想事情再拖下去,周小豹恢复了常态,加重了语气说:"我看这样也行,钱让黄军洋他们多出一点儿,除了给深河矿业外,也给派出所补充一点儿办案经费。吉春这边,也要做好职工的思想政治工作,不能动不动就上访。"

见周小豹表态了,罗万马赶紧说:"那就按书记的指示办,大家先到我办公室去汇总一下,研究一下怎样分头做工作。"

　　到了罗万马的办公室,几个人商量了一下,决定由公安局牵头抓人和要钱,钱初定三万元,赔偿深河公司两万,派出所给一万。吉春和信访局的人则立即下去做工作,把职工劝回去。

　　虽然刚被职工骂了一通,又被县委书记凶了一顿,吉春还是感到了一种力量。这种力量既来自职工,也来自自己内心深处的无私无畏。

　　处理好此事,已经是上午 10 点钟。吉春让李会、谢玉娥带老职工们去吃早饭,自己则到刘云那里。

　　刚到县政府办公楼一楼,吉春遇到了老婆的老同学夏海芳,问道:"海芳,怎么到这里来了?"

　　夏海芳满脸不高兴,说:"还不是为了我老公,刚上街执法,就被小贩围攻,还了手,小贩告到政府来了,要我老公作检讨。我不服,来讨个说法。"

　　吉春劝道:"城管与小商贩永远都有矛盾,像县城这小地方,人又杂,是很难管的。但你最好不要去插手,否则会影响你老公的。"

　　"我老公也是这样说,我只好回去了。"夏海芳说完,便与吉春告别走了。

　　在刘云的办公室门口,好些人排着队。有批报告的,汇报工作的,还有上访的。吉春明显感到政府工作既多又杂,协调也难。前不久,听说为了改造老城区,打通深河大道延伸段,县领导分别到各家各户做工作,五个月过去了,八字还没有一撇。

　　轮到吉春了,吉春把这两天的情况简要说了一下。刘云说:"你这小子别再给我们出难题了。但是,方案的事最近我倒是考虑了蛮多,觉得你们说的也有道理。这只是我个人意见,你千万别出去乱说。从长远看,县里的经济发展和社会大局稳定不能指望那些掏国家心脏的暴发户,一切等评估完了向市里及省里有关部门汇报了再说吧。"

听了这番话,吉春心里一震,明显感到刘云的话在暗示着什么,但又一时理不出头绪。

下午,吉春、肖雅、赵亚君,还有县妇联办公室主任一行到了市妇联,受到了市妇联周主席的热情接待。晚上,吉春与两级妇联的同志一起吃了晚饭。肖雅安排去唱歌,吉春以要看望父母为由婉拒了。

多喝了几杯红酒,吉春头有些晕。回到宾馆,吉春早早洗了澡,躺在床上给大哥打了个电话,问了一下父母的情况。大哥说一切正常,吉春说自己不过去了。他打开电视,专心地看起连续剧《潜伏》来。不一会儿,手机振动起来,一看,是赵亚君发来的短信:"哥,我睡不着。"吉春心里涌起一股热流,不假思索发了"过来坐一会儿"的短信过去。

不一会儿,响起了敲门声。一打开房门,赵亚君便进来紧紧抱住了吉春。赵亚君也是刚洗了澡,头发散发出淡淡的香味。吉春在她的额头上吻了一下,说:"妹,今天蛮开心吧。"

"是啊,今天你也是难得的轻松,我想陪你坐一会儿。"赵亚君无限柔情地说。

"先在沙发上坐一会儿吧,《潜伏》还是蛮好看的,我先烧点开水。"吉春说。

"我也偶尔看。我觉得余则成太聪明了,就是不阳光,阴气太重。"赵亚君说。

"那是特定环境下的特定人物,余则成必须这样。但从女孩子的角度欣赏,就是另外一回事了。男人有时候很累,但在与人斗的时候,又会有一种成就感,这就是为什么古往今来会有这么多的男人为名、为利、为金钱、为权力、为女人拼得你死我活。就像我与黄氏利益集团斗,我甚至无法预测结果,但我仍然无所畏惧,骨子里我是在体现一个男人的自尊与价值。"吉春边说边烧好开水,倒了两杯,一杯给赵亚君,然后在沙发上坐了下来。

赵亚君闭着眼睛靠在吉春身上。吉春吻了吻她的额头,问道:"妹,我是不是很无聊啊?"

赵亚君反过来抱住吉春,也回吻了他,然后说:"哥,你说的话,我愿意听,因为是真话。"

吉春心里软软的,抚着赵亚君的手臂,轻声说:"你可不能拿我的这套理论去将你的丈夫对号入座啊。"

赵亚君抓住吉春的手,一会儿没说话,估计是在想心事。过了半分钟左右,她说:"其实,我也从来没有去看轻自己的丈夫,因为我们结婚这八年来,一直都相处得很好,应该算是一个幸福的家庭。只是……只是我先开了小差,又觉得对不起他。"

吉春抱紧了赵亚君,带着自责说:"妹,对不起,是我不好。"

赵亚君赶紧说:"哥,我没有其他意思。从你第一次退红包,我就对你特别有好感。当我发现自己不能自拔的时候,曾有过彷徨,有过后悔。但跟你在一起越久,我反而越轻松。你能懂人,我心里踏实、安全。"

望着身边这个美丽、善良、善解人意的女孩,吉春心里热流涌动。自从结婚以后,他从未想到过背叛自己的家庭。蒋红也是个中规中矩、一心只顾工作和家庭的人。看见很多朋友或别的男人左拥右抱，自己闪过念头，但没有越雷池一步。现在到了这一步，过去确实没有想过。也许刚好面临困境需要关怀的时候，赵亚君正好出现，自己便不顾一切地接受了她？赵亚君确实值得爱，值得珍惜，她给了自己倾诉内心压力的机会，给了自己战胜困难的勇气。像这样的女孩，为她付出生命也值得。

想到这里，吉春对赵亚君说："妹，我不想你因为我而冷落了家人。如果有来生，下辈子我们再成夫妻吧。"

赵亚君眼角淌出泪水，柔声说道："哥，我真的会把控好自己。你是公众人物，现在矛盾又那么多，容不得有任何闪失。"言外之意是不会给吉春添麻烦。

任何语言都是多余的。吉春把赵亚君抱紧，忘情地吻了起来……

第十二章　遭遇审查

一

12月31日上午,深河矿业公司准备召开离退休职工座谈会。

开会时间定在上午9点。8点刚过,吉春的电话响了起来。号码不是很熟,吉春打开手机,一个熟悉的声音便传了过来:"你好,老大,我是文义铭。你给我们帮了大忙,昨天有几十个农民到乡里,说要乡政府代表全乡农民感谢你们。昨天我们商量了一下,特地去制了一面锦旗,党政领导还有两位农民代表想给你们送上来,不知你有不有时间?"

吉春一听,马上着急起来,连忙说:"老弟呀,这可搞不得,搞不得。举手之劳,不用惦记,更何况我们上午要开离退休职工座谈会。"

"哦,那真是对不起啦,我原来是想给你一个惊喜,所以昨天就没有跟你汇报。怎么离退休职工你们还联系那么密切?"文义铭先是道歉,随即又问道。

"老弟,企业这一块与行政有些不同,特别是我们这些国有矿山企业。原来在山里,职工退休后,现在虽然工资由劳动部门统

167

筹,但基本上还是住在企业,每年过节我们都要去慰问。他们的生老病死、子弟就业企业都要操心。加上很多老职工的子弟都在公司上班,他们对公司的关注程度不亚于在职人员。所以,如果工作能争取到他们的支持,我们管理层也少很多事。"吉春解释道。

"原来是这样,那我给你添事了。"文义铭说。

"没有,谁让咱们是兄弟呢。我看这样,过了元旦假期,请你们班子成员到公司来玩一次怎样,但锦旗之类的活动就免了吧。"吉春提议道。

"行,行,那就谢谢老大了。"文义铭说,随即挂了电话。

说是座谈会,其实还是吉春主讲。吉春大约用了一个小时,把自己上任后所面临的压力、领导层的基本意见、职工的一些担心以及下一阶段的设想统统讲了出来。随后一些老职工提了一些大家关心的问题,吉春和谢玉娥分别作了解答。这些老职工文化不高,喜欢直来直去,只要敢面对,不自私,一般不会来蛮的。吉春坐在台上暗想:其实做什么事,道理都是相通的。

开了座谈会,又接着开了工作例会,安排了元旦假期有关事项。机关这块的工作人员与老职工一道会了餐,除了值班的,基本上就放假了。吉春知道司机小王跟着自己也好久没休息了,叫他把车留下,先走。自己则美美地睡了一觉,到三点钟才起来,又准备把下一年工作思路完善一下,以便上交。

刚在办公桌前坐下,听见有人敲门。打开门,进来几个不认识的男人。为首的一人个子较高,穿着皮大衣,刚刚刮过的脸青得发亮。其他三人跟随其后。

"你就是吉春吉总吧?"为首的男子严肃地问道。

"是的，请问你们……"吉春不解地问道。

吉春还没说完，话就被后面一个戴眼镜的小个子打断了，他说："我们是市纪委的，这是我们纪委常委袁主任。"

吉春从他们的气势中感到来者不善，警觉地问道："找我有什么事吗？"

"我们接到群众举报，初步查明你有严重的经济问题。经市纪委常委会研究，决定对你实行'双规'。对于'双规'，相信你清楚其中的内容，就是在规定的时间、规定的地点交代你的问题。"为首的袁主任口才很好，说话基本不停顿。

吉春感到头皮发麻、浑身无力，一阵恐惧感向他袭来。他不是怕自己有问题，而是对手出手太快了，你根本不知道他们在算计你什么。吉春强迫自己镇定下来，心想：这一天早有预料，既然来了，就只能接招了。他马上问道："请问谁能证明你们是市纪委的？我要见我们县委、县政府主要领导。"

袁主任冷笑一声，仍然正色说道："县里主要领导自然会有领导打招呼，不用你去见。至于我们是不是市纪委的，你可以看我们的工作证和市纪委对你'双规'的通知。"

显然，市纪委的对这种场面见多了。袁主任把手一扬，其他几个马上把工作证掏出递了过来。吉春没有办法，接过后装模作样看了一下，确认是真的后，还给了他们，并在"双规"通知书上签了名字。他知道，这一天终究要来，自己虽然有些被动，但与市纪委接触后，多少可以知道一些情况。更何况，市纪委也不是朱更力一个人的。

走之前，袁主任又说："根据规定，我们要对你的办公室进行搜查,但今天时间太紧,只能先封起来,请你理解。另外,你家里我们纪委会按程序通知,同时,请你把手机交给我们。"

见吉春很配合,袁主任说话稍微和气了些。吉春则暗自庆幸:程继亮那封信给了赵亚君,不然给他们搜去就难拿回了。

市纪委的一人开车,袁主任坐车头,另外两人一左一右夹着吉春,让吉春感到浑身不自在。在车上,吉春说了一句:"我们企业正常工作怎么办?"袁主任硬梆梆回了一句:"这不是我管的。"一路上,谁也没有再说一句话。吉春索性闭上了眼睛。

大约过了两个小时,天已完全暗了,外面下着大雨,车子在一幢楼前停了下来。

吉春感觉车已经过了市区,应该是在市郊。这幢楼没有任何标记,周围还有一些楼房,灯光在雨中不是很亮。吉春想:只要他们不是黑社会,就不用害怕,便坦然跟着几人上了楼。进得房间,吉春想在床上坐下来,后面有人推了他一下,扭头一看,是那个戴眼镜的小个子,见他正将手往上一扬一扬的,示意自己站起来。

袁主任倒是在一张方桌前的凳子上坐了下来,其他人都站着。他仍然面无表情地说:"吉春,到了这里,你就是所谓的违纪嫌疑人,也就是老百姓所说的腐败分子。我宣布几条纪律:第一,你要好好反省自己的行为,主动配合交代问题,最好是自己写出来,省得我们问。第二,不经过批准,不准走出这个房间,吃喝拉撒睡全在里面。第三,不要存有侥幸心理,想串通外面,这样只会罪加一等。第四,不要寻死觅活,到时候弄得大家不好交差。我们将视你交代的情况,决定今后的处置意见。"

在袁主任说话的当头,吉春才细细打量起这间房屋来:整个房间很大,估计有三十平方米,除了三张床,一张塑料方桌,几张无靠背塑料凳,一个卫生间外,其他什么都没有。所有人能够得着的地方都包着厚厚的海绵布,墙上也没有电源插座,只有房顶有两根日光灯照明。

与大多数党员干部一样,吉春对"双规"只有耳闻。但一般都说,凡进这里的人都会出点问题,这也是事实。因为这么些年来,本县被"双规"过的人也有不少,出来后不是被党纪处分了,就是被移送检察机关了。只有十年、八年前,听说有被"双规"的人自杀了,估计现在谁在这里想自杀也做不到了。吉春还听说过一个故事,说外省某市一位建设局的干部被"双规"时,交代出一开发商向自己行贿。市纪委的把开发商找去,开发商进去就给了那干部一个耳光,说:"你这个孬样,老子会行贿给你?"结果查无实据。这位开发商在当地名声大振,更多的工程被他揽下。

对于袁主任的话,吉春根本不想去听,也没有心思去听。就在这时,袁主任说完站起来向几位手下耳语了几句,戴眼镜的小个子跟另外一个走了,只留下袁主任与另一人。一会儿,有人敲门进来,端来三个盒饭。袁主任示意送饭者退了出去,然后对吉春说:"先吃饭,吃了饭就交代问题,什么时候交代问题,就什么时候出去。"

市纪委常委好歹也是官至处级的干部,从袁主任的讲话中,吉春觉得这人较为直爽,也比较有水平。吃完饭,他对袁主任真心说道:"袁主任,你们也够辛苦的,元旦节也不能休息了。"

"你不用跟我套近乎,因为有你们这种人,我们才辛苦。凡属有实名举报的,我们必须查实。"袁主任显然不会被吉春左右,仍然冷冷地说话。

"我不知道谁举报了我,但我坚信自己是没有任何问题的。"吉春说。

袁主任又冷笑一声说:"刚进这里的人都这样说,有的还直喊冤枉,甚至把自己说成天下最廉洁的人。我看你最好是自己写出来算了,你也是上千人企业的老总,我们不想太为难你。但不交代问题,你别想睡觉。我们四人会分成两班,轮流调查询问你。"

"我没有什么问题,有什么好写的?"吉春反问道。

"那你就好好想一想,想清楚了就写或者说出来,我们随时恭候。"袁主任说。

吉春强迫自己冷静下来,他必须好好理一理如何应对这次危机。毫无疑问,这是一次黄氏利益集团策划的借助于权力对自己进行反扑的成功行动。只要自己有一点儿问题,哪怕是几千元钱,都会成为受贿或行贿的证据。他们的最终目的就是要毁掉自己,而原因则是在合股问题上不配合。目前的形势是县委、县政府主要领导应该知道自己被"双规"了,但只要是实名举报,或者说是市纪委统一研究的,查你个十天八天,领导们也不会提出反对意见,更何况周书记那里与自己本来就有点神不合。到了明天,全公司甚至全县都会知道自己被纪委带走的消息,会有什么后果还不得而知,所以在这里必须冷静。这位袁主任还有其他几个人仅仅是奉命行事,还是朱更力的马前卒,一定要搞清楚。

想到此,吉春也不多说,抓起桌上的纸和笔逐字逐句写了起来。吉春写了自己的经历,写了对工作的认识,对反腐败的态度,到最后则写道:"如果有问题,愿意接受党组织和法律的任何处置。"

几个小时过去了,吉春收住笔,长出了一口气,把材料交给了袁主任。袁主任认真看了一遍,把材料往桌上一扔,轻蔑地说:"我们不是要听你为自己评功摆好的,你在材料里避重就轻,等于什么都没说,有什么用?"

"你们说我有什么问题,既然查清楚了,何必如此费周折?"吉春反问道。

"这是组织上给你机会,希望你把所有问题都交代清楚,免得浪费公共资源。"袁主任说。

两人这样僵持,到了晚上12点,那个小个子眼镜男带着另一个人来了,把袁主任这边两人替了回去。眼镜男进来没有说话,也是看了材料后,火冒三丈,把桌子一拍,说道:"想不到你这么不老实,真是敬酒不吃吃罚酒,你给我站起来,不经同意不准坐下。"

站了几十分钟,谁都没有说话。这时,吉春才逐渐感受到失去自由的痛苦,感觉到"双规"手法的厉害。往常,没有特殊情况,吉春一般不会超过晚上12点钟睡觉。有工作时,一个晚上不睡觉也不觉得怎么样。现在,他感觉到自己的头慢慢沉了起来,思维也似乎不那么灵便,睡意开始袭来。

"对不起,同志,我要休息。"吉春对眼镜男说。

"这里不是你家,你只有把问题交代清楚,才可以睡觉,我们不是在陪你吗?"眼镜男讥讽道。

"你们这是违反纪律的,我要告你们。"吉春备感羞辱,愤然说道。

眼镜男好像不认识似的盯了吉春几秒钟,忽然大笑道:

"哈……告我们,你拿起石头去打天吧。"

吉春恨不得冲上前去扇眼镜男一个耳光,但最终忍住了。他冲着眼镜男吼道:"我没有问题,你要我怎么交代?!"

"只要你配合,那我提醒你一下,你岳父被车撞了后,有很多人去看了吧,送钱的不少吧?"眼镜男问道。他开始涉及具体问题。

吉春心里一惊,有点昏沉的头突然清醒了一些。他马上作出判断,决定利用这个机会找出岳父被撞一事的真相。于是横下心道:"我岳父被撞,没有人去看,也没有人送钱。"

"哈哈,从这点来看,你一点儿都不老实,告诉你,我们已掌握了确凿证据。"眼镜男说。他开始兴奋起来。

"有证据你们拿出来,我没有收就是没有收。"吉春故意卖关子说。

"那好,我问你,去年11月20日晚8时,你们公司邓龙等人到你家干了什么? 9点20分,又有两位你公司的员工把17000元钱送给你老婆,你老婆当场接受了。"眼镜男边说,边掏出一个本子,估计是想看上面的时间说错没有。

吉春心里笑了一下,眼镜男这番话,至少透露四个信息。一是对自己"双规"的措施是仓促采取的,根本还没有跟县纪委衔接。二是岳父被撞一事一定是有人策划的,目的是好安排人送钱,这样就有了自己受贿的直接证据。三是自己的家已经被黄氏兄弟严密监视,每次的信息都被他们掌握了。四是这眼镜男肯定是"朱砂厂"的亲信或是替黄氏兄弟帮忙的人。想着想着,吉春突然想起家里楼道上的路灯。猛然醒悟:一定有人在路灯上安了摄像头,难道陶学民这小子也与他们是一伙的?

二

整整一个晚上，吉春被要求站着接受问话。

吉春第一次感觉时间过得这样慢，脑袋昏昏沉沉，浑身没有一点儿力气，甚至记不起前面说了什么话。

吉春只记得自己承认收了邓龙他们 770 元钱，眼镜男如获至宝地作了记录。随后眼镜男又与他聊过节的事，问他是否收了别人的礼品礼金。吉春心里什么都不想说，但思维总是跟不上，轻飘飘地想倒下去就睡。

眼镜男则精力旺盛，也许是觉得有所突破的缘故，显得异常兴奋。到了早晨 7 点钟，他对吉春说："好了，算你态度好，大家先洗漱一下，吃了早饭再接着审，你可以先坐一会儿，但不许睡觉。"

吉春机械地移动脚步，一坐在床上，就倒了下去。任凭眼镜男大吼大叫，也起不来了。到了 9 点钟，袁主任又带另一人来了。眼镜男简单汇报了一下便走了。吉春朦朦胧胧，睡又睡不深，浑身又无力，但还是挣扎着坐了起来。

袁主任见吉春坐了起来，对他的手下说："你先出去，到外面看着点儿。"

见桌上放着一碗米粉已经凉了，他对吉春说："吉总，怎么不吃东西？"

"我终于领教你们的厉害了。"吉春愤怒至极地吼道。

"你不要感到委屈，你才进来一天，有的人挺十天八天，最终还是招了。知道我为什么关心你吗？"袁主任说。

经袁主任提醒,吉春也感觉到他的态度有了明显变化。

"与腐败分子打交道是我们的职业,惩治腐败分子是我们的职责,这一点儿,你不必有怨言。接到对你的查处任务,我是很高兴的,因为我早就对你有意见了。去年上半年,我还在市委组织部工作,我的一个亲戚对我说,你很贪,给了你 5000 块钱,还不肯照顾生意。你应该记得起来,他在保险公司工作。我们老一在北京学习,在纪委常委会上,分管的朱书记把你的问题列举出来后,我恨得咬牙切齿,所以对你一直都很敌视。你知道吗,昨天晚上 12 点钟回去后,你们县纪委书记雷宏带着你们的财务人员小赵到了我家里,把你主政深河矿业的工作情况以及你上交礼金的凭证给我看了,我才察觉到事情的复杂性,才知道自己的满腔热血和正气被人恰到好处地利用了。"袁主任动情地说。

吉春想哭,但又哭不出来,只是怔怔地看着袁主任。

"我喜欢按规章查人,但不喜欢整人。所以,早上一上班,就把你的情况如实向朱书记汇报了,并建议放你回去。但得到的答复是,你不可能没有问题,没有大问题,也有小问题。"袁主任进一步说。

两行热泪从吉春眼角流了出来,既有感激,又有愤懑。这一夜的折腾,让吉春成长了十岁。他没有想到对手对自己算计得那么狠,更没想到袁主任对自己是如此信任。

"袁主任,既然你对我如此关心,我也对你说实话。天盘湾整合的问题,不是把我换掉就能解决的,我死了,还会有张春、李春出来。对'朱砂厂',老子跟他斗到底。"吉春说。

"你跟我说这些没用,你要考虑你能不能尽快出去。我告诉你，把你逢年过节人情来往的礼品礼金加在一起，也可以定你的罪。就是查我们，工作了几十年，一二十万元钱也凑得齐，判几年没问题，我说的这些你懂吗?"袁主任盯着吉春说，仿佛又在暗示什么。

从袁主任的谈话中，吉春明白，那些人不搞出点问题来是不会放过自己的。而自己有可能成为问题的，一是岳父受伤后一些人来看望的红包礼金，二是逢年过节的人情往来，三是给相关领导走访的慰问金。可这些问题怎么能说得清呢？估计袁主任的意思是最好不要说，也不要解释。

袁主任也是精明之人，他把随从叫了过来，例行公事地对吉春询问起来。吉春也配合他，不再回答任何问题。到晚上 12 点钟，眼镜男过来，又是没完没了地问同样的问题：你收了钱没有？你送了钱没有？

吉春一直想挺着。他甚至想了一些办法，就是在眼镜男问话的时候，自己想别的事。但这个办法不见效，因为只要你一闭上眼睛，眼镜男就会猛拍一下桌子，大吼一声，把你拉回现实。羞辱、困意、压力全搅在一起，到了凌晨 6 点钟，吉春再也挺不下去，一头栽在地上，昏了过去。

不知过了多久，吉春醒了过来，感觉身体轻飘飘的，整体在移动。他睁开眼睛，发现自己仍在躺着，随即传来几声非常熟悉而略显惊喜的"醒了"、"醒了"的声音。

吉春看到了雷宏和蒋红的脸。蒋红一边呜呜地哭，一面给吉春捂一捂被子，还不时看一看正在输的点滴。

"老婆，哭什么，我怎么不在房间里？这好像是救护车?"吉春问道。

"吉春,是的,这是我们县医院的救护车,我们正在从市郊往你们公司赶。如果你身体受得了的话,我在车上把一个紧急情况给你说一下……"雷宏接过话,边说边征求吉春的意见。

吉春示意蒋红把自己扶起来,靠在椅子上,说:"我只是睡眠不足,现在好多了,是不是公司出了大事,才把我放出来了?"

"你被市纪委'双规',我得到消息后,立即分别向县里两位主要领导进行了询问,他们也是朱书记电话通知的。县里把你的情况如实向市纪委汇报了,但取消不了对你'双规'的决定。今天是元月二日,下午一点半钟,你们公司460巷道斜井下平巷发生重大透水事故,现已查明有八名职工被困井下。我们是以县委、县政府的名义向市委田书记请示,经他特批后才把你保出来的。"雷宏说。

"雷书记,出事就出事吧,反正我是要进牢房的人了。"吉春意志消沉地说。

"吉春,我知道你心里委屈,但现在不是你发泄个人情绪的时候。"雷宏厉声说道,"现在原因没有查明,八条生命还不知死活,你的问题也没有下结论,你怎么能这样!把你接回去,就是要马上赶到现场协助市、县进行救援,因为你对情况最熟悉。县委、县政府对你总体上是信任的,估计市、县领导已经到了现场,你好好想一想如何组织救援。"

"雷书记,吉春被抓走两天,县里都传开了,说我们家被抄了,光现金就搜出100万元,今后还怎么见人啊。"蒋红哭泣道。

"蒋医生,情况很复杂,但我相信吉春是没问题的。他的情况我还是清楚的,将来事情查清了,对他还有好处,我们要相信邪不压正这句话。"雷宏耐心地对蒋红说。

经雷宏这样一说,吉春冷静下来。想到自己的八位职工被困井下,不知死活,想到自己面临如此大的压力,两行热泪从眼角无声地滴了下来。雷宏的话让他振作起来,沉思了一会儿,对雷宏说:"雷书记,现在我不了解整个情况,只能是提几点建议:一是请您向县里主要领导汇报,总指挥部设在牛背溪工区,现场救援指挥部设在460巷道斜井口。二是请求电信部门立即给斜井口安装一台电话机,如果来不及的话,就从工区拆一台把线拉进去就行了。第三是马上要市纪委的同志把我的手机送过来。"

"行,这个马上就办。"雷宏说完,立即拨打了周小豹的电话。

吉春的手机不在身边,对蒋红说:"蒋红,把手机给我用一下。"

吉春用蒋红的手机拨打了李会的电话,要他通知公司党政领导以及生产部、财务部、后勤部、车队负责人立即赶到牛背溪工区。随后他又拨打邓龙的电话,邓龙接到电话,知道是吉春后,异常激动地说:"吉总,你快回来吧,我们工区全乱了,我真的不知道该怎么搞了。"

"邓龙,我告诉你,我马上就会到,你自己不能乱。你马上把大、小会议室腾出来,大的用来作指挥部,小的用来安置家属。同时马上安排人到斜井口安装几盏大灯泡。派人到井下监测水位,随时报告上涨情况。另外,你们工区所有员工都要到岗待命,矿井坐标图准备好。"吉春说。他又恢复了往日的模样,一口气下达了几道命令。

不一会儿,雷宏的电话又响了起来,雷宏接过电话说:"刘县长,哦,我们还有20分钟可以赶到,好、好。吉春身体没有大问题,目前已经在做安排。"

挂了电话,雷宏对吉春说:"刘县长已经到工区了,让我们抓紧时间,周书记在县城等省安监厅和国土资源厅的领导。"

"雷书记,不瞒你说,我的感觉是,我们公司与'十二矿'的斗争就要见分晓了。真是老天有眼啊。"吉春叹了口气,幽幽地说。

"你先不要想别人做了什么,你要好好考虑你们企业有不有违章、违规、违法行为,假如你是因为失职、渎职出了问题,谁也保不了你。当然,我是从职业敏感的角度提醒你。"雷宏严肃地说。

第十三章　奋力抢险

一

在下车之前,吉春要蒋红把自己身上的点滴扯掉,以免职工看了担心。

牛背溪工区从来没有这样喧闹过,现场一片混乱。赶来的家属一下车就号啕大哭,周围马上有人去扶他们。还有一些小车不断开来,估计是市、县各部门的。吉春没时间理会这些,对蒋红说:"你们先回去吧。"

蒋红说:"我们医院也会安排车和人来,你自己要当心点。"

吉春点了点头,领着雷宏径直走进了牛背溪工区大会议室。

会议室已经坐了三四十人,见吉春进来,刘云站起来招手说:"来、来,吉春和雷书记过来坐。"

吉春走过来后,刘云对身边坐着的一位领导模样的人介绍说:"柳副市长,这就是公司老总吉春。"

吉春认识柳副市长,他分管安全生产工作,到市里开会和电视上经常看见。吉春与他握了手,在旁边一个空位上坐了下来。

刘云见人基本到齐,向身旁的柳副市长请示是否开始开会,柳副市长点了点头。刘云对着话筒"喂"了一声,说道:"请大家安静,现在开始开会。这是人命关天的大事,各部门务必做好记录,凡属通知没有来的,必须抓紧时间到位。我们这个会不讲大道理,就是一个主题,如何布置抢险救灾。先请深河矿业公司介绍情况,我再讲一下县委政府的安排部署,然后再请柳副市长作重要讲话。现在请深河矿业公司的介绍事件经过。"

邓龙站了起来,吉春估计会前县领导与公司其他领导一定作了沟通。邓龙说:"460巷道的掘进工程,一直都按计划进行。元旦期间我们照常生产,目的是想把任务提前完成。斜井下平巷已经掘进490多米。今天上午是运输班上班,开始很正常。到了一点钟,工人吃了中饭去上班,拉了两斗石方上来,再也没有拉斗车的信号传给转扬工。转扬工和在上面等信号的两名运输工觉得不对劲,便到井口查看,一看斜井的电全停了,有一股冷风扑面而来。他们打起手电,并点燃了几筒炸药下去,下到200米左右的时候,吓坏了。原来整个井口全被水封住了,没有一个人影,才知道出大事了。他们跑回工区向我报告后,我马上拨吉总的电话,但一直拨不通。我就拨打了黄副总、谢主席的电话,同时立即向县政府值班室汇报了。井下有八人,他们的家属已经全部到了工区。"

"工区这一块,你们已经做了什么安排?"吉春插话问道。因为时间紧迫,自己来不及与公司的任何人交流。

邓龙哭着说道:"我们首先是问了当班的风钻工,他们上一班打钻放炮没有发现异常情况。我们已经组织力量往斜井口运送了一台我们能找到的最大功率的抽水机,目前正准备安装。但井下的情况,我们一无所知。吉总,你要是不回来,我就不活了。"

　　吉春理解邓龙的难处，但在这非常时期，他不允许邓龙有丝毫的懈怠。他站起来说："邓龙，现在不是你说丧气话的时候，我问你，目前井下的水位在不在涨？"这是必须了解的最紧迫的问题。

　　"井下的水到下午三点钟就没有再涨，距斜井口 183 米。"邓龙回答道。

　　"也就是说平巷被全部淹没，斜井淹了 117 米，垂直高度在 60 米左右？"吉春问道。

　　"是的，按目前的情况计算，井下积水量为 6000 立方米左右，但不清楚来水量如何。"牛背溪工区的技术员说道。

　　"假如来得及的话，有没有人生还的可能？"刘云插话问道。

　　"这个主要看当时工人的工作情况以及水是从哪个位置来的。幸运的话，可以爬上斜井的一处爬坡，那里本来是用来储物的，危急时也可以兼救生。但现在口子均已被淹，从水位的高度来看，应该有一定的空间。"邓龙回答道。

　　刘云向身边的柳副市长请示道："市长，那我先说。"柳副市长点了点头。

　　刘云严肃地说道："同志们，情况紧急，人命关天，容不得我们再作讨论。我先做一个大体安排，最后以柳市长讲的为准。这次抢险救援工作全体人员分成五个组。一是现场救援排水，由我直接负责，深河矿业公司吉春以及相关人员参与，散会后立即下井，主要负责排水。二是家属思想工作，由马万里同志负责，主要是稳定情绪，维护稳定，深河矿业公司安排得力人员参与，不准进入现场，影响工作。三是事故调查工作，由唐庆和同志负责，安监、国土、纪委等部门派人参与，要彻查事故原因，不放过任何有牵连的人。四是后勤保障工作,主要由深河矿业公司负责,要保证参加抢险的人和井下被困人员家属有开水喝,有热饭吃,同时要准备一些干粮和方便面用于应急。五是医疗保障工作,主要由县卫生局负责协调,矿山救护队配合,一方面要做好随时接受治疗生还者的准备,同时安排部分医护人员和药品,以便治疗抢险队伍中出现的伤病员。散会后各方立即协调,人员立即到位,工作立即展开。下面请柳副市长讲话。"

随后,柳副市长开始讲话,他说:"同志们,我完全同意刘县长的意见,只想补充两点:一是对事故的调查,市安监局、国土资源局的同志必须参与。二是目前正是禽流感防治的关键时期,请大家务必加强防范。我要强调的是三个必须:一是必须以对人民生命安全高度负责的态度做好这次抢险救援工作,活要见人,死要见尸,一切服从指挥部的统一指挥。工作不结束,我不会离开这里。二是必须确保大局稳定,八名职工不仅仅涉及八个家庭,还涉及众多的亲朋好友,估计一来就会有几十、上百人,一定要细之又细地做工作,最好是以家庭为单位,分散做工作,责任到人。同时要注意上报信息的公开、准确、统一、及时。三是必须加大查处力度,在事故原因没有弄清楚之前,深河矿业的法人代表吉春以及技术负责人、工区负责人均不得离开现场,随时听候调查,还要查清楚是否与天盘湾的个体矿有直接关系。"

在柳副市长讲话的过程中,吉春看见李同文出去接了一次电话,黄顺成也出去接了一次电话,回来后两人脸色都不自然。

十几个人在吉春的带领下往 460 巷道进发。在巷道里,刘云问吉春道:"吉春,你觉得你们企业有问题吗?"

"刘县长,由于情况不明,我也不好说。但我们越界开采的情况不存在,这一点我敢保证。"吉春说。

"纪委那一块不好受吧,估计今后还会找你,一是要有思想准备,二是有问题还是说出来好。"刘云说。

"刘县长,我是一言难尽啊,这样下去我真不想干了。"吉春诉苦道。

"如果没有问题,就要对自己和组织上有信心。"刘云说。

到了斜井口,场地上一片繁忙,工人们正在组织器材。吉春对刘云说:"我先到斜井去看一下,您就在上面等一会儿。"

吉春走下斜井,邓龙等人跟随其后。吉春往巷道两边看了一下,发现因短路烧毁的线路已经重新架设好,电不成问题了,说明邓龙安排比较及时。越往下走,越感到有一阵凉意,估计是水带来的。在水漫巷道的接口处,有两名工人在值班。现场静得出奇,昔日繁忙的井下,如今只有与斜井天棚形成一定角度的一汪静水。想到八名员工在井下不知死活,吉春鼻子一酸。他蹲了下来,掬一把水放在鼻子下嗅了嗅,问道:"水没有涨了?"

"我们来了一个多小时了,水再也没有涨过。"一位值班工人回答。

"切不可掉以轻心,一定要坚守岗位,有异常情况立即报告,同时要注意自身安全。"吉春叮嘱道,说完往回走。

出了斜井口,见刘云坐在用木板临时搭建的桌子旁,李书兵和其他部门的人陪他说着话。吉春走到跟前坐下,将邓龙递过来的巷道坐标图铺开。他对刘云说:"刘县长,我最担心的事没有发生。"

见刘云看着自己，吉春进一步解释道："我刚才下井观察了一下水的情况，一是没有再涨，二是水无气味，很清很干净，说明不是穿了天盘河。"

刘云盯着座标图看了看，问："你们估计有多少水量？"

"现在起码可以了解的信息是，按我们巷道的空间来计算，估计有 6000 多立方米水，而且水头的高度在海拔 355 米。我猜测一定是穿了一处大溶洞，洞里的积水跑出来了，但不知溶洞里还有多少积水。"吉春回答。

"不管是什么原因，水不涨了就是好事，要把排水放在各项工作的首位，越快越好。"刘云说。

"邓龙，抽水机情况怎么样？"吉春问邓龙道。

"这台抽水机，是我们公司最大功率的了。由于多年都没有发生过这样的事，与之相匹配的水管，公司没有准备。我已经安排人到县城去买了，先赊来再说。法兰也先焊好再拉回来，这样可以节约时间。第一批 180 米先运回来，现在已经在回的路上。估计安装要三到四个小时，最大的难题是如何将抽水机运到斜井下面。"邓龙回答。

经邓龙这样一说，吉春马上想到一句"说话容易做事难"的古训。抽水机估计有上千斤重，如何下斜井到达水面是个问题，如何固定又是一个问题，抽水时还要往下移动更是一个大问题。吉春马上站起身来，走到 171 斜井口，目光向下望去，心里着急起来。

刘云走了过来，对吉春说："吉春，我思考还有一个问题。按这台抽水机的排水量，每小时能排 200 立方。就按晚上 8 点开始排水，水量 6000 至 10000 方计算，设备不出任何故障，也要三天时间才能排完。"

"刘县长,情况确实是这样。但我跟您说实话,第一步只要抽干斜井的一部分水就行了,就能知道是否有人活着。如果人全部在平巷,估计没一点儿希望了,只能一步一步来。"吉春心情沉重地说。

刘云的脸色愈加严峻起来,他对李书兵说:"李书兵,电话没有接通,你上去向柳市长汇报,希望市里能派几名专家过来,另外请唐副县长想办法再搞一台抽水机。"

吉春马上对邓龙说:"邓龙,你派一名工人陪李主任上去,这么长的巷道,生疏的人不安全。另外,你们的电焊工要全部到井下来。"

吉春看了看一直向下延伸的卷扬钢缆,若有所思,随后对刘云说:

"刘县长,现在只能试试这个办法,将矿斗的仓卸下,然后做一个铁架,焊在斗架上,抽水机则焊死在铁架上,用卷扬机把它送下去。至于如何与侧面的管道相连,特制一个弯头就解决问题了。"

"嗯,这是一个好办法,可以试一试。"刘云也长长出了口气。

不一会儿,外面的巷道有了很多脚步声,原来是周小豹来了。他来了后,其他人把位置空了出来,周小豹把与自己同来的一行人作了介绍,其中有省安监厅和国土资源厅的副厅长和几名处长。他们一一与刘云握了手,坐定后,刘云把情况作了汇报,一直讲到抽水机一事。

周小豹征求了省厅来的人的意见,便接过刘云的话说道:"救援工作已全面展开,这是好事。有个新情况告诉大家,据群众举报,天盘湾黄军海、黄军洋兄弟的聚宝矿是制造这次事故的罪魁祸首,他们越界开采,打穿了深河的巷道。我已经安排公安部门全力追查,据说这两兄弟已经跑了,但就是到天涯海角也要把他们抓回来。吉春,在这里你就放开手脚干,县委、县政府大力支持你。"

听了周小豹的话,吉春心里既惊又喜,惊的是黄氏兄弟果然猖狂至极,喜的是与黄氏兄弟斗争以来,胜利的天平在向自己倾斜,周小豹态度的变化就是一个明显的信号。

随后,周小豹把刘云叫到一边,两人商量了很久。

这会,抬水管的人一批一批进来,本来不宽的场地显得更加狭窄。

二

晚上九时许,排水工作正式开始,如果顺利的话,水会一点一点往下退。吉春劝刘云与李书兵回地面去休息一会儿。因为电话已经装好,有情况可以随时汇报,接下来的事情只有等,等了再等。

吉春的心稍微平静了一些,环顾四周,这个专门为打斜井开凿的空间,冷冰冰的,全是石头。自己也许久没有在井下待这么长时间了。刚参加工作在井下干那两年,确实学会了不少东西。一次他意外受伤住进县人民医院,也认识了刚分配到医院的蒋红,两人很快坠入爱河。时间过得真快呀,一晃就近二十年了。

然而,吉春这种相对轻松的状态没能维持多久,邓龙从斜井上来了。他着急地对吉春说:"吉总,一个小时过去了,水位纹丝不动。"

　　吉春心里一惊，顾不得回答邓龙的话，马上拨打了刘云的电话。刘云在那头说："继续观察，一个小时后再不退，我马上到井下来。"

　　随后，吉春对邓龙说："你立即下斜井，一个小时后上来。"

　　吉春这才感觉自己把问题想得太简单了。水位没有下降，说明溶洞里还有来水，也说明目前的排水能力太弱了。但斜井的工作面只有这么大，再增加抽水设备已经不可能，必须另想办法。吉春的手不停地在临时办公桌上敲着，不管怎么想，也没有头绪。

　　又一个小时过去了，邓龙上来后没有说话，而是对着吉春摇了摇头。吉春明白了，水位还是没有降。他随即拨打了刘云的手机。

　　吉春、邓龙还有县里各部门的一些人围在临时办公桌前，一言不发。大家都感到了事态的严重，又一时没有好办法。"邓龙，赶快发动大家想办法。"吉春叫道。邓龙也不敢吭声，要是有办法，早就想出来了。他也知道，这是吉春在减压。

　　省、市、县相关领导都来到了井下，听了情况介绍，没有一人说话。最后，周小豹打破沉默问："既然是聚宝矿打穿了巷道，那边的巷道应该可以排水。"

　　"现在那边的情况不明，个体矿的巷道本来就不规范，他们巷道也有斜井。如果临时调排水设备，从安装到启用没有 20 个小时根本做不到。"天盘湾整治办公室的一位负责人小心地回答。

　　"做不到也要做，能想到的办法统统要用，马上派人把黄军洋他们的财产冻结了。"刘云吼道，把周围的人吓了一跳。想想现在是夜里十二点钟，刘云又缓口气说："明天叫公安、法院、检察院的一块去。"

吉春知道县里两位主要领导比任何人都紧张。他没有说话，因为除了周小豹提出的这个办法外，还没有找到更好的办法，如果不尽快把斜井与救生通道这一段的水排干，即便有人逃到了里面，也会因空气耗尽而窒息死亡。

吉春死死地盯着眼前的巷道座标图，目光在 258 巷道和 460 巷道方向来回审视。突然，一个大胆的设想在他脑中闪现。顾不得多想，他马上用电话拨通总指挥部的电话，要接电话的人立即通知谢玉娥到井下来。同时他对邓龙说："邓龙，这里你先不要管，马上到地面，安排 12 个最好的风钻工，要会打爬坡和天井的，分成四班。你亲自带队，随时准备到 258 巷道。"

邓龙显然有些不解，但吉春坚毅的表情容不得他多问，遂领命而去。

吉春又问牛背溪工区的技术员："你敢保证图上的数据是准确的吗？"

"吉总，我就是学采矿专业的，地质测绘也是我的强项，我敢用精确两字来形容。"技术员说。

吉春点了点头。众人虽不知吉春要做什么，但还是从他的言行中看到了希望。

谢玉娥在公司工会一名女职工的陪同下来到了井下。吉春顾不得与她客套，把她拉到临时办公桌前，指着座标图对她说："大姐，现在排水没有进展，我想冒险一试。我问您几个问题：一个是'大礼堂'当年顶部的矿是怎样采下来的？二是您身体状况如何？"

"当年大礼堂的矿基本上是我们'三八'女子掘进队开采的，越到顶部越难采。后来我们采取的是开凿'之'字形小路的办法，实际上也是在绝壁上行走。至于我的身体，虽然有风湿病，下不得潮湿地，但现在这个时候，顾不得那么多了。"谢玉娥坚定地回答。

"好，周书记，刘县长，各位领导，我向你们汇报我的想法。"吉春指着座标图说，"大家看，460 与 258 的垂直距离是 202 米。'大礼堂'顶部是 58 米，460 斜井的垂直高度是 140 米，那就意味着 460 斜井下平巷与'大礼堂'顶部的垂直距离只有 4 米，而它们的横向距离也只有 3 米多。往正南方向打一条爬坡，再打一个天井，正可以洞穿 460 斜井下平巷底部，水直接落入 258 巷道，而炸开口子的位置则在斜井下平巷 80 米处。"

见在场的领导都不说话，吉春又说："周书记，刘县长，这是最后的办法，时间刻不容缓，请批准我们一试。258 巷道是平巷，通风条件好，加上打爬坡基本不用清石方，两班轮流，三槽半炮 12 小时应该可以拿下。"

此时，省安监厅的那位副厅长发话道："这个事不要再请示了，天盘湾那边的工作也一并开展，我唯一的要求是精准、胆大、心细。"

其他人均点头。吉春马上抓起电话，拨给邓龙，然后对公司的人说："我与谢主席一起去 258 巷道，其他人除抽水的外，全跟我们去，准备木材和木板搭建平台。"

到了深夜 3 点钟，吉春才拖着疲惫的身子回到 460 巷道的现场指挥部，刘云和县里几个部门的人全在。井口处水管里不断喷出白白的水花，声音在巷道里传得很远。

大家都无精打采，估计井下的水位也没有退。刘云见吉春进来，站起身来。吉春知道他有话要说，便往斜井口走去。

"刘县长,搭平台、接风水管、拉线路花了三个小时,现在第一班已经开机。"见刘云过来,吉春汇报说。

"吉春啊,你辛苦了,平常我与周书记在天盘湾整合这件事上对你的责怪多了些。现在想起来,还是对你了解不够啊。那天你在我办公室,我对黄军洋他们的态度有变化,是因为我在省里的朋友透露了有人举报朱更力的信息。我感觉他迟早会出问题。在这一点儿上,我跟周书记都不如你啊。"刘云感慨万千地说。

往日精神抖擞的刘云,此时也有些不振,吉春不免生出一丝伤感,心痛地说:"刘县长,你的为人我们都很清楚,只是上面有些人也太官僚主义了。"

"我今天跟你说这些是想告诉你,出了这事,我与周书记的位置有可能保不住了。"刘云说。

"怎么会呢?应该是分管领导负主要责任。"吉春有点惊讶地说。

"不瞒你说,周书记刚才在井下跟我单独谈的就是这个事。我们该开的会都开了,该批的字都批了,该打的招呼都打了,但毕竟他们是非法开采。我自己做好了,不一定手下的人都做好了。危难之际我才知道你的难能可贵,敢于担当,不徇私情,但这样的人太少了。我倒是希望是你的公司对这个事故负全责,因为你们是有证合法开采,打穿溶洞属意外自然事故。他们是在整合期间非法开采,我们必须承担领导责任。我想的最多的就是水尽快退,希望人救得越多越好。第二个就是把资料找齐,尽量减轻自己的责任。"刘云话语沉重地说,仿佛在一夜之间苍老了许多。

"刘县长,我不便说什么,但总感觉我们的管理机制缺陷太多,人的思想观念出了问题。"吉春说。

"我告诉你吧,晚上我上总指挥部去后,便接到公安局长的电话,说黄军洋、黄军海两兄弟暂已失踪。据侦查,他们最后的电话是与李同文、黄顺成通的。这意味着什么,你应该明白。"刘云往身后看了看,对吉春说。

"谢谢您的信任,您站得太久了,去坐一会儿吧。"吉春说。听了刘云的话,他明白了李同文、黄顺成与黄氏兄弟等人早就是一伙的了。

"每个人都有自私的一面,我的自私就是想尽快接任县委书记,当了县长不能当书记,等于是没干成啊。所以在一些方面也放任了'十二矿'的违法行为,有点迎合上面。"刘云似乎无所顾忌了,把藏在心里的话吐了出来。

吉春不敢答话,只是心里为刘云心痛。其实,在县里工作确实很辛苦,书记、县长的家都在市里,有时候双休日都不能回去。

到了早上6点钟,电话突然响了起来,原来是总指挥部的人打来的,说:"遇险矿工的家属实在等不及了,做工作做不通,一致要求到井下来看,要见老总。"

吉春捂住话筒,把意思跟刘云说了。刘云说:"井下是绝对不能来的。"

吉春对着话筒说:"你们先稳住,我马上上去,跟他们见面。要求每一家来开会的人控制在五人之内,到小会议室。"放下话筒,又对刘云说,"刘县长,估计要向家属全面介绍情况,是不是请公安局、信访局、两办的同志都参加一下,可能省、市电视台、电台、报社的记者也会参加。"

"吉春,这样,公安、信访、两办的人去一下,但记者的会要分开开。不然的话,会乱成一锅粥。我也一起上去。"刘云吩咐道。

所有抢险工作有序进行。到中午 12 点,258 巷道传来消息,最后一槽炮,也就是第四槽天井炮开机打钻。邓龙在现场指挥,他已经连续工作了 20 多个小时。吉春既心疼,又无奈。事情出在邓龙的工区,被困的工人都是情同手足的兄弟,他肯定要拼命。

在有色矿,最难打的就是天井。它要求钻机竖着成垂直角度向上打,不仅难找支撑点,所有的岩石水、风还全部往嘴里、眼里、鼻子里来,下班后满脸都是泥浆水。而这次的天井必须把最后一槽炮的进尺精确度控制在十厘米以内。打多了,会击穿巷道,成为空炮眼,既漏了水,又安不了炸药。打少了,又担心炸不穿。谢玉娥对吉春说:"牛背溪工区的技术员一直在现场跟踪测量,邓龙他们在钢钎上用油漆画了一个标记。我告诉他们,宁可少打一点儿,绝对不能打穿。"

吉春心里庆幸自己有这样的团队。到了下午 5 点钟,258 巷道传来一好一坏两个消息,好消息是天井打完了,虽然有一炮没炸响,但还是炸开了一个直径达一米五的口子,水从"大礼堂"倾泻而下。坏消息是邓龙在往"大礼堂"撤退的时候,因体力不支,从十几米高处摔下,当场昏迷不醒,腿也摔断了,已经被送往县医院。

吉春已经顾不了那么多,他早早地来到斜井的深处,随便找一块地方坐下,与几名值班人员专心致志地盯着水面,期待着奇迹出现的那一刻。

第十四章　胜利在望

一

深河矿业发生透水事故的第七天，由省、市、县纪委、安监、国土部门牵头组织的事故调查组，公布了事故调查的第一份正式文件。文件称："这是一起非法开采酿成的重大责任事故。事故造成正在井下进行运输作业的深河矿业公司八名工人被困，其中四人当场死亡，另外四人因抢救及时生还，直接经济损失二百余万元。天盘湾的个体私营矿矿主黄军洋、黄军海负有不可推卸的直接责任，深河县委、县政府及有关部门负有重要的领导和监管责任……"

整整十天，吉春都没有离开牛背溪工区。水排至救生巷道后，他第一个进去，发现了已经奄奄一息的四名工人。水排干后，他到井下掌子面看到了惨不忍睹的一幕：四名工人身子被水泡肿，身体的姿势均相同，就是有一只手臂向前伸展，像是在划水，也像是在呼救。事故的原因跟自己猜测的差不多，对方在越界开采时，巷道刚好在一个溶洞底部，而这个溶洞与自己的巷道也仅仅是一墙之隔。灾难就在这种巧合中发生了。

开完追悼会,死者每家获得了 20 万元的赔偿和 1 万元的丧葬费,钱由县财政垫付。深河公司承诺对符合条件的子弟在安置工作时优先照顾解决。对相关责任人的调查也正在进行当中。

回到家里,吉春整整睡了一天一夜。醒来后,自己煮了一碗面,放了点酸辣米椒。

吃完面条,吉春先是拨通李会办公室的电话,李会告诉他说:"吉总,这两天善后的扫尾工作已经基本搞完,我跟财务的赵亚君正在审核会签各种票据,吃了的用了的有不少。"

吉春吩咐道:"所有开支整理完后,要复印一套,将来还要找姓黄的兄弟算账。"

刚才李会提到了赵亚君,吉春才想起差不多有十来天没有见面了。这次抢险,她一直在后勤那块,偶尔见面也只是用眼神交流,后来又去省妇联学习了几天。吉春想打个电话给赵亚君,随即又打消了念头,直接拨通了谢玉娥的电话。

"吉春啊,这些天累坏了吧,市纪委那些人没来找你了吧,再来找,我带着工人到市委请愿去。"谢玉娥说。

"大姐,目前暂时没有。你现在在公司吧,有时间的话我们一起去看一看邓龙。这一跤可摔得不轻,但据我老婆说已经能开口说话了,这小子主要是体质好。"吉春说。

"那好,我赶下来,到县城再去买点水果和花吧。"谢玉娥爽快地说。

吉春突然想到一件事,马上对着手机说:"另外,你把赵亚君带下来,我有件要紧的事。"

吉春突然想到的事是:黄氏兄弟下落不明,市里朱更力是他们的总后台。出了这么大的事，他们一定会想方设法逃避打击。目前没有接着对自己"双规"，要么就是没有缓过神来，要么就是在策划新的阴谋。朱更力不倒台，自己无宁日，福林市也无宁日。该是看一看程继亮给自己留下的那封信的时候了。

在医院病房，医生告诉吉春说："邓龙头部没有重创，脚上的伤估计要休养一两个月。"

邓龙的妻子也带着儿子在病房，吉春逗了一下小家伙，对邓龙说："你好好养伤，工作的事不要惦记，县里要表彰你们几个呢。"

邓龙眼泪掉下来，动情地说："比起那些死去的兄弟，我又算什么呢？黄氏兄弟抓着了吗？"

"目前暂时没有，他们经营了那么多年，躲藏的地方应该很多，但总有一天会被抓的。"吉春安慰道。

与谢玉娥分手后，吉春把赵亚君叫到一旁，对她说："妹，那封信你带在身上的吧？"

赵亚君点了点头，从包里掏出那封信，交给了吉春。吉春接过信，打开后，里面是一张程继亮曾经住过的深河迎宾馆的便笺，上面写着一串号码。吉春一看，明白是一个手机号码。他马上对赵亚君说："妹，你我都把这个号码先存下来，再背下来。"说完后，把纸片撕了。

"哥，我真担心你。"赵亚君小声说道，泪水在眼眶里打转。

"没关系，阴天过后就会出太阳了。大后天市里开人大会，我要参加。不过我后天会到市里去，我父亲有点小毛病，我去看看他。你跟李会把所有的发票整理好后，交我签字，同时还要复印一套。"吉春柔声说道。

　　来到福林市,吉春明显感觉到市"两会"的浓厚氛围,到处是花团锦簇,彩旗飘飘。司机小王对吉春说:"明天是我小姨子结婚,今天我要赶回去,明天给她送亲。车就留在这里,我坐出租车回去。"

　　吉春说:"你怎么不早告诉我,要不然我就自己开车来了。这样吧,你把这车开回去,反正这几天也不会怎么用车。但公司的车不许借出去迎亲。"小王说:"知道。"

　　吉春选了一家没有接待任务的宾馆住下,让小王回去了。吉春在房间整理了一会儿,就打电话告诉大哥自己到了。大哥说开车来接他,一起去医院。

　　在车上,吉春把这段时间所经历的事原原本本地告诉大哥,大哥良久没有说话。吉春说:"大哥,这些我能挺住,你不要告诉爸妈和嫂子他们,免得他们担心。"

　　大哥说:"现在这个社会我也看不懂,我想劝你远离是非,但你也做不到。我是看透了,像我们这种没关系没后台的人,只有挨整的份儿。早几天听人家说,我们市区为了一个街道派出所的所长,找关系都找到公安部去了。"

　　"大哥,社会的主流是好的,也不要太悲观。我会注意自己的。腐败问题古今中外都有,与社会制度无关,但与管理制度有关。"吉春说。

　　"唉,说那些也没有用,我只想踏踏实实过日子。父亲身体一年不如一年,这次是天气连续阴冷造成的。过了春节,到三四月份,想带他们一起去南方旅游一次,你看怎么样?"大哥实实在在地说。

　　"这是件大好事,看我能不能腾出几天时间,与蒋红陪你们一起去。如果我没时间,就让蒋红请几天假。"吉春说。

看了父亲,在大哥家吃了晚饭,吉春回到了宾馆。在桌前坐下,拿出这次开会准备提交的一份建议,想修改一下,明天联名后好上交。不一会儿,电话响了,是县人大办公室邓菊的。邓菊还是那种口气,令吉春不胜其烦:"哎呀,吉老总,我这个小人物又要为你们服务了,明天会到县里统一乘车吧。"

吉春答道:"对不起了,邓主任,我提前来了,我父亲在住院。明天下午我会去我们代表团住的地方报到领资料。"

随后,吉春又分别给周小豹和刘云、杨川打了电话,告诉他们提前到了福林市。自从发生透水事故后,省、市没有再催整合的事,两位主要领导对吉春的态度也有明显改变。

就这样边想边写边改,门铃突然响了起来。吉春习惯性地看了一下手机,正好是八点钟。从门上安的猫眼望出去,见是一个女人,戴着口罩。他迟疑了一下,问道:"你找谁?"

"请问是吉总吗? 我找你有点事。"门外的女人回答,声音不是很清楚。

见对方能说出自己的身份,吉春打开了门。女子进门以后,赶紧把门关上,似乎在防备什么人。摘下口罩,吉春大吃一惊,这女子居然是黄一。吉春眼前马上浮现出透水事故的惨状。

"黄一,你还有脸来见我?"吉春怒吼道。

"吉总,我……"黄一开口说话。

"别叫我吉总,你滚出去,如果觉得自己有罪,就赶快去自首。"吉春打断了黄一的话,他知道自己与黄氏兄弟一家人势不两立。

"吉总,我知道我说什么都没有用,你都不会相信。如果我的死能挽回您的工人的生命,能替我的父亲、叔叔赎罪,我愿意去死。

我今天能找到你,也算是我的福气。如果你不怕我一个弱女子对你下毒手,就听我把话说完。"黄一边说,一边流下了眼泪。

听黄一这样说,吉春想:黄氏兄弟都逃走了,黄一却来找自己,难道其中有奥妙?他便把她引到沙发上坐下,并倒了一杯水给她。

喝了一口水,黄一用纸巾擦了一把眼泪,对着吉春说:"吉总,自从我父亲他们逃走后,我几乎也是过着东躲西藏的日子。我们这个利益集团瞬间土崩瓦解,现在是都想毁灭证据,都想推脱责任,他们把所有的罪名都加在我父亲和我叔叔头上。我也知道,我父亲他们确实死有余辜,可那些人也不能落井下石啊。特别是朱进以及他那当官的叔叔,不仅马上翻了脸,还要逼着我把原始账目交出去毁掉。我知道这些证据就是他们的罪证,不能给他们。我要他们帮我父亲和叔叔,起码要给他们一笔钱,逃到国外去,或在一个地方隐居起来能过好下半辈子。"

"亏你还是受过高等教育的人!现在外逃那么容易吗?藏在哪里不是要被抓?最好的办法是,假如你能提供消息,劝他们回来自首,争取立功,争取减少罪恶。另外,你来告诉我这些,不怕我举报你吗?"吉春讥讽地说,他对黄一确实同情不起来。

"我与那些人进行了多方周旋,希望他们能出手相救,可他们有的成了缩头乌龟,有的则支支吾吾。朱更力则命令朱进,不惜一切代价把证据抢到手,现在我倒成了他们的追杀对象。证据在我手上,我想来想去没有办法,才化了装,跟踪你到了这里,你住在1220房,我住在9006房。我希望你能把这些证据保管好,交到上面去,把朱更力扳倒,我就是死也甘心了。"黄一说。

对黄一的话信还是不信,吉春的大脑进行了高速运转。见黄一如此诚恳，倒也可信，可她怎么会有 180 度的转弯呢？带着疑问，吉春问道："你我不是一条道上的，你怎么就会相信我？"

"吉总，针对你所有的坏事我都参与了。就是在与你的交锋中，我的人生观才逐步有了转变。在这个包裹里有我写给你也是所有人的忏悔书，到时候你看了就明白了。现在时间很紧，我有时一晚上要换两个地方住，希望你答应我的请求。这样也算是我做了一件赎罪的事吧。"黄一急切地说。

经黄一这样一说，吉春明白了许多。他对黄一说："不管过去怎样，这件事你做对了。至于你说的材料是否真实，我想还需要鉴别。我替你拿着没问题，但你自己也要注意安全，那些人什么都做得出来。"他言语中带着关切。

"有您这句话，我就心满意足了。"说完，黄一站起身来，走了。

这一意外插曲，使吉春再没有心思去想建议的事了。他仔细查看了黄一留下的包裹，这包裹有一本普通记录本那么厚，用牛皮纸包着，透明胶捆了一条又一条。吉春想，放在这里也不一定安全，那这深更半夜往哪儿放呢？想来想去，他想到了顾小林。

顾小林家住在市工商银行，那里应该相对安全。打定主意，他把自己的手提电脑拿出来，把资料装进电脑包里，掏出一个防禽流感用的口罩戴上，将棉衣后的帽子翻过来套在头上，像化了装的特务一样，走出了房门。

二

早晨九点钟左右，吉春起床后在卫生间洗漱，窗外传来一阵阵凄厉的警笛声。他心想,是不是为人大、政协"两会"服务的警车在街上巡逻了?但巡逻车一般不会这样成群结队,鸣着警笛,感觉好像就是到了自己住的这家宾馆。

整理好后,吉春打算出去吃点早餐。反正没有什么事,他想先去逛逛书店,再到古玩市场的一家小店,找一位老先生刻一方印章。他出了房门,却发现气氛有点不对,电梯口、楼梯口都站着警察。他问在电梯口守着的一男一女两名警察:"请问发生什么事了?"

"请您回房间去,这座宾馆已被全部警戒,任何人不准离开。"男警察生硬地说。

"那什么时候可以离开?"吉春有些不满,窝着火问。看来自己的计划又落空了,怎么总是遇上这样的事。

"这个你别问,我们只是奉命行事,什么时候解禁自然会通知。"女警察解释。

吉春懊恼地回到房间,肚子饿得咕咕叫。无奈,只好打开房间里的一包方便面泡着吃了。吃了方便面,也不知做些什么,于是打开电视机,找到体育频道,看起了一场 NBA 湖人对火箭的比赛。

刚看了不到 20 分钟,有人敲门。从猫眼里望出去,是那两名警察,以为是来通知自己可以解禁了,他立即打开了房门。

警察几乎是冲进来的。吉春才知道不是两人,而是一群人。还没开口说话,他就被按倒在地,手不知怎样就被铐了起来。吉春被吓得说不出话,只觉得背、腰、手等多个地方疼得要命。

警察把他拉起来。他们都带着枪。那认识的男警察搜了他的身,朝同伴示意:没什么。于是大家推着他往外走。

"你们干什么,我干了什么?"吉春这才回过神来,大声问道。此时,走廊里不时有人伸出头来看,服务员吓得站在一旁不敢做声。

"我告诉你,你给我老实点,你现在是杀人嫌疑犯,你的每句话都将成为法庭证供。"那男警察在吉春身后说。

"杀人嫌疑犯?你们搞错了吧,我是市人大代表,是来参加市人大、政协会的。"吉春莫名其妙。

"市人大代表?哼,我还是联合国代表呢。"那女警察听了讽刺道。

"什么代表?你要是犯了罪,宇宙代表我们也照样抓你。"男警察一唱一和。

吉春双手被铐,胳膊还有人抓着,稀里糊涂就被推进了电梯,到了九楼。一看,九楼更加戒备森严,这里有十几名警察在忙乎。吉春被带到一间会议室,会议室里还坐着一部分人。

押吉春的警察将他摁在一张椅子上,便出去了,只留下那一男一女两名警察。

"你叫吉春,是深河矿业公司老总,也是市人大代表。因你涉嫌一起凶杀案,我们依法对你实施拘捕。同时,我们也已经向人大常委会报告。另外,我是市公安局刑侦支队副大队长,这是我的身份证件。"坐在会议桌对面的警察开始说话。那男警察走过去将证件拿过来,递到吉春眼前。

"杀人?你们搞错了,我没有必要看你的证件。"吉春知道对方是真警察,难道又是朱更力派来的?他只能先搞清楚原因再说。

"我们搞错了?真是笑话。反正你也跑不了啦,我实话告诉你吧,我们怎么会随便抓人? 昨天,这家宾馆发生了凶杀案,深河县天盘湾聚宝矿黄军洋的女儿黄一在 9006 房被人杀害,你是她被害前唯一与她接触过的人。"副大队长得意地说。

"什么? 黄一被杀了!"吉春大吃一惊,心里暗暗叫道:这朱氏家族真是心狠手辣啊。

"你别装了,你们这些人,为了达到自己的目的不择手段。市里马上开'两会',出了这样的命案,我们被你害苦了。你最好是老老实实交代作案的过程,省得我们浪费时间。"副大队长进一步强调。

吉春心里不是滋味,又有点后悔。一个弱女子昨天还好好的,怎么突然就死了? 自己没有杀她,可她毕竟来找了自己求援啊。

"我知道,你们查阅了我的入住登记,也看了宾馆的监控录像。昨天晚上,黄一确实来了我的房间,我也不知道她是如何知道我住这里的。"吉春说。

副大队长问:"你们谈了什么?"

吉春回答:"她主要是向我道歉,解释一些误会。"

副大队长问:"仅仅是这些? 她从你房间出去后,你没去她的房间?"

吉春有些诧异,说:"去她的房间? 她走了后,我去了一个朋友家,大约两个小时才回来。回来后就直接到房间睡了,哪儿都没去。"

副大队长阴阴地说:"说谎吧,看来你是不见棺材不落泪啊。那就我来给你还原从昨天晚上 8 点钟后到黄一被害后你的所作所为吧。8 点过 5 分,黄一敲开了你的房门,你们谈了大约半个小时。8 点 33 分,黄一走出你的房间,8 点 40 分回到了自己的房间。你 8 点 52 分走出房间,在宾馆大门口乘出租车出去约 20 分钟。然后直接回到宾馆,敲开了黄一的房门,40 分钟后,你从黄一房间离开,此时她已经被你杀害。9 点 58 分,你又在宾馆大门口乘出租车离开,到 11 点左右,你回到了自己的房间。你回到房间的准确时间是 11 点过 5 分。"

吉春听得真切,像是天方夜谭。他立即反驳道:"黄一走后,我从房间里出去了,但中途根本没有回来过。这个请你们调查清楚。另外,我必须向市人大常委会汇报这个情况,请你们慎重对待。"吉春猜测问题就出在自己离开宾馆出去后,有人来到了黄一的房间。而市刑侦支队的警察因急于破案,对宾馆的录像深信不疑。吉春打定主意,一定不能把黄一给自己证据的事说出去,同时,必须把去顾小林家的事说出来,才能洗清自己的嫌疑,哪怕是暂时的也好。如果自己不能立即出去,那将是满城风雨,朱更力等人又会有新的攻势。

"你说你中途没有回来过,那谁来证明你去哪儿了,而且确定在那里?"副大队长的怀疑没有解除。

吉春说:"从宾馆出去回来之前,我就一直在市工商银行副行长顾小林家里。市工行那里管理很严,出入都有登记,也有监控录像,你可以派人去调查一下。同时,麻烦你打个电话给顾行长,请他帮我来做一下证。"

听吉春这样一说,副大队立即对吉春身后的两名男女警察示意道:"你们立即去市工商银行,调取录像,同时传唤顾小林到这里来。"

到中午一点钟的时候,那两名警察回来了。到了会议室,在副大队长身旁耳语了几句,几个人一同出去了一会儿。十来分钟后,又一起进来了,身后还跟着顾小林。副大队长说:"根据调查,你说的情况基本属实,但也还存在疑点。考虑到你是市人大代表,我们向我们局长汇报了,局长向市人大汇报了,等会儿市人大会来人为你作担保。同时,在你的嫌疑没有完全排除之前,你必须在任何时候随叫随到。"说完他示意那两个警察为吉春打开手铐。

吉春先是苦笑着跟顾小林握了手,又问道:"那在中途出现的人是什么人呢?"

"这个还需调查,他穿着跟你一样的衣服,也戴着口罩,戴着眼镜,走路的姿势也差不多。"副大队长说。

吉春的脑子里立即出现了朱进的身影:一定是他模仿了自己。他想告诉警察,又怕惹麻烦,何况没有证据也不好乱说。

办完手续,已经两点钟。那两位警察送吉春和顾小林到电梯口时,警察解嘲地说:"想不到你真是市人大代表。"

吉春已无敌意,笑道:"抓紧时间破案吧,到时候请你们喝酒。"

吉春与顾小林两人在外面吃了个盒饭,商量后决定在顾小林家打开黄一托付的那个小包裹。包裹里面有一个账本,一个小日记本,一些票据,还有一封信。吉春先打开信看了起来:

尊敬的吉总:

请允许我这样称呼您。

黄一是有罪之人,我们这个大家庭的许多人都有罪。本来我们是势不两立的,但我对您由敌对、算计到敬重,经历了冰火两重天的炼狱。

我从小在一个有钱的家庭成长,我对我的父亲和叔叔是充满敬意和感恩之心的。读大学、出国留学我都异常顺利。留学回来后,在没有找到合适工作的日子里,我就帮着家里打点一些生意上的事,也开始介入了天盘湾资源整合的是是非非,体味了人性的善良与丑恶。

我发现,金钱对于我们这个家族以及围绕在这个核心圈的利益集团,有着非常强大的驱动力,以至于可以不要亲情、不要法规。

深河矿业公司的态度是我们能否以资产入股的关键,只要能入股,钱就永远花不完。所以我们动用了所有的资源,市委副书记朱更力是我们最大的靠山。我们一次就给了他100万元,他眼皮不眨就收下了。县矿产土地局的李同文我们给了10万元,县长秘书李书兵给了3万元。还有县公安局、矿产国土局、财政局、环保局、矿山执法大队等很多单位有实权的人都在我们矿入了股。所以每逢大的整治,我们都能提前知道。你们公司的副总黄顺成,甚至会把你们的生产计划提前告诉我们。所以为了抢进度,国土资源部来人的那段时间,我们都在偷偷生产。

我们首先设想用权力压你、用金钱拉扰你,所以设计了送银行卡这一环节,安排我在你办公室安装了窃听器。见你不肯就范,又设计用摩托车撞你岳父、安排人送礼金,并买通电力公司一名电管所人员,在你们家门口的路灯里安装了摄像头。得知谢玉娥是你的得力干将,我们又去她家闹了一次,目的就是逼你们答应合股。

最后我们又在朱进的授意下,安排人以实名的方式写了六封举报信,从不同的地方寄给市纪委,想让你不死也要脱层皮。

在监听监视你的过程中,我的思想观念在不断变化,因为我毕竟受过良好教育。因为你说的很多话、做的很多事都光明磊落,我开始怀疑自己是不是错了。特别是发生透水事故后,我才知道酿成了大祸,这也许就是报应。更令我心寒的是,我父亲和叔叔逃亡后,除了李同文、黄顺成打了电话给我探听消息外,其他人都不敢沾边。我父亲给我的这些资料中,有每次分红的签字,有送钱、送物的记录。我把它交给你,不是想表明我有多高尚,而是为了我自己——他们不保我父亲,我就送他们进牢房。

最后,请允许我向我敬重的人说一声:对不起。

黄一 16 日草

"吉春啊,你这个人总能大难不死,遇难呈祥。"顾小林看了信后,感慨说道。

"自古邪不压正。只是黄一生长在这个家庭可惜了,现在又被害了。我敢肯定是朱进,他的身材跟我差不多。如果这两天还没进展,我就去公安局反映。"吉春说。

黄一的资料给了他极大的震动。他不再犹豫,立即用顾小林的座机打了程继亮留下的电话号码。一阵爽朗的笑声从电话那头传来:"小吉啊,你总算打我的电话了。"

吉春用了近半个小时的时间,把最近发生的事向程继亮作了汇报,特别提到了黄一留下的证据。程继亮思考了一下说:"你们这个事我管不了,必须找省委。我再过一会儿给你电话,还用这个座机。"

难熬的半个小时过去了,顾小林家的电话终于响起。程继亮告诉吉春说:"你们省委书记是我中央党校同学,他告诉我关于朱更力的事已经有许多举报信,市里的老干部也有反映,缺少的就是直接证据。书记在深圳考察,你马上把资料送过去。从你们市里开车到深圳要走五六个小时,你立即动身。"

吉春看了一下时间,已经下午 4 点,人大会报到没时间去了。他想了想对顾小林说:"小林,我必须马上到深圳去,把你的车给我。原想请你开车,现在看来我一个人去算了。你把这份人大代表建议交给我们县的妇联主席肖雅,请她帮我填写好并联好名,然后交到大会秘书处。另外请她帮我报到,领好资料。"

"那好,你一定要注意安全,不要着急。"顾小林嘱咐道。

从省委书记在宾馆的房间里出来,已经是夜里 11 点钟。在35 楼的观光电梯内眺望城市,夜色把所有脏的东西都淹没了,只留下灯火辉煌,车水马龙,万千繁华。在这样的夜色里,有多少人在享受,又有多少人像自己一样苦行僧似的在自己选定的、布满荆棘的道路上,义无反顾地行走? 想着想着,吉春再也控制不住自己的情绪,泪水"哗哗"地从眼眶里涌了出来……

早上 6 点钟,吉春才回到顾小林家,洗了一个热水澡。一夜没有合眼,却感觉不到疲劳。

南方仍然低温阴雨,市人大、政协"两会"如期召开。按惯例,人大会开幕式比政协会推迟一天。由于没有选举任务,大家都很轻松。吉春早早来到会场外,找到自己的代表团,与其他人打了招呼,从肖雅那里拿过资料袋,挂上代表证,融入人群。谁也不知道,他干成了一件即将惊天动地的大事。

市委常委会的组成人员都在主席台上就坐。朱更力依然是一副君临天下的模样。吉春心里暗想:要是他被省纪委"双规",是怎样的情景呢? 再过十多天就是立春节气,低温阴雨天气一过,南方就会春暖花开了。

后记

心中的春暖花开

这部小说从 2010 年构思到 2012 年完稿,用了两年多时间。这两年来,我既要应对企业的各种事务,为员工操心;又要应酬各种社会活动,为县里的文学工作奔波;还要与同事朋友一起聚聚;2011 年 12 月,我敬爱的父亲病重去世,所以写得断断续续。

书中的人物没有特定原型,事件和环境也没有特定原型。只是我相信,在中国某地,他们存在过,今后也有可能还会出现。说到底,自己虽然不是书呆子,但身上的书生气还是很浓。书生气浓的人总是相信人性的美好,总是在心里给自己的未来以希望,这是最讨人喜欢的优点,也是阻碍自己在仕途上进步的弱点。书中的阴雨低温气候,当然不仅指自然天气。我心中盼望春暖花开的日子,明知很难,却始终憧憬着。

文学梦一直伴我成长,工作之余读书、写作、练字已成为我生命的一部分。挚友的支持、鼓励,让我的心灵如广袤的天空下放飞的风筝收放自如,让我有着绵绵不绝的青春动力和灵感。当承诺要在 3 月初完成初稿后，我就在春节前后把所有的休息时间用上了，一个月内写了五六万字。虽是反腐题材，我没有描写更多的细节，对话也相对简练，所以篇幅不长，为的是给聪明的读者节约时间，并留下想象的空间。

是文人，总会说自己的作品好。这很正常，因为为创作花费了心血，无论哪位作者，肯定是想把自己最好的才华展现出来。至于目的是否达到了，还是由读者去各抒己见吧。好在我们都是业余的。

实际上，我们祖祖辈辈休养生息的地方，属于江南之南，最具南方特征。刘禹锡、韩愈、秦观等被贬官员，曾在这里驻足。昔日的南蛮之地，如今却欣欣向荣。青山绿水，蓝天白云，春天杜鹃，夏日荷花，三秋桂子，就是冬季里迎风飘扬的冬茅草茎杆，也令人心醉。我期望它们永恒，让一代一代的人们都能享受这大自然的格外恩赐；我盼望每个人都能明白，资源和环境毁了就不能再生了；我更渴望这个世界有朝一日变得"无利润"，人类不再残忍。这也许是我在这部小说里想要表达的信息。我的一本小集子《把黄河带回南方》，书名有"南方"二字，莫非这是骨子里的南方情结？"人人尽说江南好，游人只合江南老。春水碧于天，画船听雨眠。垆边人似月，皓腕凝霜雪。未老莫还乡，还乡须断肠。"我的江南之南啊……

王琼华先生是我非常敬重的良师益友。他在临武工作期间，用横溢的才华和良好的人脉优势，把我们临武的文学事业推向辉煌。这次又拨冗为小说写序，作为临武的第一任作协主席，实感幸运。雷志英、郭湘浏同志工作之余为我打印了全部书稿并排版。

在此我真诚地对所有关心我的朋友说声谢谢。

2012 年夏于临武

（补记：本书于 2012 年春完稿，2016 年等到书号后才得以正式出版，谢谢琼华先生和所有帮助我的人们。在此期间，五弟文锋的书法水平突飞猛进，请他题写书名，算是对我这四年苦等的回报，谢谢五弟。另外，小说的时代背景是 2010 年以前，小说里写了主人公中午饮酒、打牌、搞点小刺激等情节与现在的作风建设要求相违背，也请读者理解。）